Dante Alighieri

Vita Nuova

© 2023 Culturea Editions

Texte et illustration de couverture : © domaine public
Edition : Culturea (Hérault, 34)
Contact : infos@culturea.fr
Retrouvez notre catalogue sur http://culturea.fr
Imprimé en Allemagne par Books on Demand
Design typographique : Derek Murphy
Layout : Reedsy (https://reedsy.com/)

Dépôt légal : janvier 2023
Tous droits réservés pour tous pays

ISBN : 9791041845156

I. In quella parte del libro de la mia memoria, dinanzi a la quale poco si potrebbe leggere, si trova una rubrica la quale dice: "*Incipit vita nova*". Sotto la quale rubrica io trovo scritte le parole le quali è mio intendimento d'asemplare in questo libello; e se non tutte, almeno la loro sentenzia.

II. Nove fiate già appresso lo mio nascimento era tornato lo cielo de la luce quasi a uno medesimo punto, quanto a la sua propria girazione, quando a li miei occhi apparve prima la gloriosa donna de la mia mente, la quale fu chiamata da molti Beatrice, li quali non sapeano che si chiamare. Ella era in questa vita già stata tanto, che ne lo suo tempo lo cielo stellato era mosso verso la parte d'oriente de le dodici parti l'una d'un grado, sì che quasi dal principio del suo anno nono apparve a me, ed io la vidi quasi da la fine del mio nono. Apparve vestita di nobilissimo colore, umile ed onesto, sanguigno, cinta e ornata a la guisa che a la sua giovanissima etade si convenia. In quello punto dico veracemente che lo spirito de la vita, lo quale dimora ne la secretissima camera de lo cuore, cominciò a tremare sì fortemente che apparia ne li mènimi polsi orribilmente; e tremando, disse queste parole: «Ecce deus fortior me, qui veniens dominabitur mihi». In quello punto lo spirito animale, lo quale dimora ne l'alta camera ne la quale tutti li spiriti sensitivi portano le loro percezioni, si cominciò a maravigliare molto, e parlando spezialmente a li spiriti del viso, sì disse queste parole: «Apparuit iam beatitudo vestra». In quello punto lo spirito naturale, lo quale dimora in quella parte ove si ministra lo nutrimento nostro, cominciò a piangere, e piangendo, disse queste parole: «Heu miser, quia frequenter impeditus ero deinceps!». D'allora innanzi dico che Amore segnoreggiò la mia anima, la quale fu sì tosto a lui disponsata, e cominciò a prendere sopra me tanta sicurtade e tanta signoria per la vertù che li dava la mia imaginazione, che me convenia fare tutti li suoi piaceri compiutamente. Elli mi comandava molte volte che io cercasse per vedere questa angiola giovanissima; onde io ne la mia puerizia molte volte l'andai cercando, e vedèala di sì nobili e laudabili portamenti, che certo di lei si potea dire quella parola del poeta Omero: "*Ella non parea figliuola d'uomo mortale, ma di Deo*". E avegna che la sua imagine, la quale continuamente meco stava, fosse baldanza d'Amore a segnoreggiare me, tuttavia era di sì nobilissima vertù, che nulla volta sofferse che Amore mi reggesse sanza lo fedele consiglio de la ragione in quelle cose là ove cotale consiglio fosse utile a udire. E però che soprastare a le passioni e atti di tanta gioventudine pare alcuno parlar fabuloso, mi partirò da esse; e trapassando molte cose, le quali si potrebbero trarre de l'esemplo onde nascono queste, verrò a quelle parole le quali sono scritte ne la mia memoria sotto maggiori paragrafi.

III. Poi che furono passati tanti die, che appunto erano compiuti li nove anni appresso l'apparimento soprascritto di questa gentilissima, ne l'ultimo di questi die avvenne che questa mirabile donna apparve a me vestita di colore bianchissimo, in mezzo a due gentili donne, le quali erano di più lunga etade; e passando per una via, volse li occhi verso quella parte ov'io era molto pauroso, e per la sua ineffabile cortesia, la quale è oggi meritata nel grande secolo, mi salutoe molto virtuosamente, tanto che me parve allora vedere tutti li termini de la beatitudine. L'ora che lo suo dolcissimo salutare mi giunse, era fermamente nona di quello giorno; e però che quella fu la prima volta che le sue parole si mossero per venire a li miei orecchi, presi tanta dolcezza, che come inebriato mi partio da le genti, e ricorsi a lo solingo luogo d'una mia camera, e puòsimi a pensare di questa cortesissima. E pensando di lei mi sopragiunse uno soave sonno, ne lo quale m'apparve una maravigliosa visione, che me parea vedere ne la mia camera una nèbula di colore di fuoco, dentro a la quale io discernea una figura d'uno segnore di pauroso aspetto a chi la guardasse; e pareami con tanta letizia, quanto a sé, che mirabile cosa era; e ne le sue parole dicea molte cose, le quali io non intendea se non poche; tra le quali intendea queste: «Ego dominus tuus». Ne le sue braccia mi parea vedere una persona dormire nuda, salvo che involta mi parea in uno drappo sanguigno leggeramente; la quale io riguardando molto intentivamente, conobbi ch'era la donna de la salute, la quale m'avea lo giorno dinanzi degnato di salutare. E ne l'una de le mani mi parea che questi tenesse una cosa, la quale ardesse tutta; e pareami che mi dicesse queste parole: «Vide cor tuum». E quando elli era stato alquanto, pareami che disvegliasse questa che dormia; e tanto si sforzava per suo ingegno, che la facea mangiare questa cosa che in mano li ardea, la quale ella mangiava dubitosamente. Appresso ciò, poco dimorava che la sua letizia si convertia in amarissimo pianto; e così piangendo, si ricogliea questa donna ne le sue braccia, e con essa mi parea che si ne gisse verso lo cielo; onde io sostenea sì grande angoscia, che lo mio deboletto sonno non poteo sostenere, anzi si ruppe e fui disvegliato. E mantenente cominciai a pensare, e trovai che l'ora ne la quale m'era questa visione apparita, era la quarta de la notte stata; sì che appare manifestamente ch'ella fue la prima ora de le nove ultime ore de la notte. Pensando io a ciò che m'era apparuto, propuosi di farlo sentire a molti, li quali erano famosi trovatori in quello tempo: e con ciò fosse cosa che io avesse già veduto per me medesimo l'arte del dire parole per rima, propuosi di fare uno sonetto, ne lo quale io salutasse tutti li fedeli d'Amore; e pregandoli che giudicassero la mia visione, scrissi a loro ciò che io avea nel mio sonno veduto. E cominciai allora questo sonetto, lo quale comincia: *"A ciascun'alma presa"*.

A ciascun'alma presa, e gentil core,

nel cui cospetto ven lo dir presente,

in ciò che mi rescrivan suo parvente,

salute in lor segnor, cioè Amore.

Già eran quasi che atterzate l'ore

del tempo che onne stella n'è lucente,

quando m'apparve Amor subitamente,

cui essenza membrar mi dà orrore.

Allegro mi sembrava Amor tenendo

meo core in mano, e ne le braccia avea

madonna involta in un drappo dormendo.

Poi la svegliava, e d'esto core ardendo

lei paventosa umilmente pascea:

appresso gir lo ne vedea piangendo.

Questo sonetto si divide in due parti; che la prima parte saluto e domando risponsione, ne la seconda significo a che si dee rispondere. La seconda parte comincia quivi: "Già eran".

A questo sonetto fue risposto da molti e di diverse sentenzie; tra li quali fue risponditore quelli cui io chiamo primo de li miei amici, e disse allora uno sonetto, lo quale comincia: "Vedesti al mio parere onne valore". E questo fue quasi lo principio de l'amistà tra lui e me, quando elli seppe che io era quelli che li avea ciò mandato. Lo verace giudicio del detto sogno non fue veduto allora per alcuno, ma ora è manifestissimo a li più semplici.

IV. Da questa visione innanzi cominciò lo mio spirito naturale ad essere impedito ne la sua operazione, però che l'anima era tutta data nel pensare di questa gentilissima; onde io divenni in picciolo tempo poi di sì fràile e debole condizione, che a molti amici pesava de la mia vista; e molti pieni d'invidia già si procacciavano di sapere di me quello che io volea del tutto celare ad altrui. Ed io, accorgendomi del malvagio domandare che mi faceano, per la volontade d'Amore, lo quale mi comandava secondo lo consiglio de la ragione, rispondea loro che Amore era quelli che così m'avea governato. Dicea d'Amore, però che io portava nel viso tante de le sue insegne, che questo non si potea ricovrire. E quando mi domandavano: «Per cui t'ha così distrutto questo Amore?», ed io sorridendo li guardava, e nulla dicea loro.

V. Uno giorno avvenne che questa gentilissima sedea in parte ove s'udiano parole de la regina de la gloria, ed io era in luogo dal quale vedea la mia beatitudine: e nel mezzo di lei e di me per la retta linea sedea una gentile donna di molto piacevole aspetto, la quale mi mirava spesse volte, maravigliandosi del mio sguardare, che parea che sopra lei terminasse. Onde molti s'accorsero de lo suo mirare; ed in tanto vi fue posto mente, che, partendomi da questo luogo, mi sentio dicere appresso di me: «Vedi come cotale donna distrugge la persona di costui»; e nominandola, eo intesi che dicea di colei che mezzo era stata ne la linea retta che movea da la gentilissima Beatrice e terminava ne li occhi miei. Allora mi confortai molto, assicurandomi che lo mio secreto non era comunicato lo giorno altrui per mia vista. E mantenente pensai di fare di questa gentile donna schermo de la veritate; e tanto ne mostrai in poco tempo, che lo mio secreto fue creduto sapere da le più persone che di me ragionavano. Con questa donna mi celai alquanti anni e mesi; e per più fare credente altrui, feci per lei certe cosette per rima, le quali non è mio intendimento di scrivere qui, se non in quanto facesse a trattare di quella gentilissima Beatrice; e però le lascerò tutte, salvo che alcuna cosa ne scriverò che pare che sia loda di lei.

VI. Dico che in questo tempo che questa donna era schermo di tanto amore, quanto da la mia parte, sì mi venne una volontade di volere ricordare lo nome di quella gentilissima ed acompagnarlo di molti nomi di donne, e spezialmente del nome di questa gentile donna. E presi li nomi di sessanta le più belle donne de la cittad ove la mia donna fue posta da l'altissimo sire, e compuosi una pìstola sotto forma di serventese, la quale io non scriverò: e non n'avrei fatto menzione, se non per dire quello che, componendola, maravigliosamente addivenne, cioè che in alcuno altro numero non sofferse lo nome de la mia donna stare, se non in su lo nove, tra li nomi di queste donne.

.

VII. La donna co la quale io avea tanto tempo celata la mia volontade, convenne che si partisse de la sopradetta cittade e andasse in paese molto lontano: per che io quasi sbigottito de la bella difesa che m'era venuta meno, assai me ne disconfortai, più che io medesimo non avrei creduto dinanzi. E pensando che se de la sua partita io non parlasse alquanto dolorosamente, le persone sarebbero accorte più tosto de lo mio nascondere, propuosi di farne alcuna lamentanza in uno sonetto; lo quale io scriverò, acciò che la mia donna fue immediata cagione di certe parole che ne lo sonetto sono, sì come appare a chi lo intende. E allora dissi questo sonetto, che comincia: "*O voi che per la via*".

O voi, che per la via d'Amor passate,

attendete e guardate

s'elli è dolore alcun, quanto 'l mio, grave;

e prego sol ch'audir mi sofferiate,

e poi imaginate

s'io son d'ogni tormento ostale e chiave.

Amor, non già per mia poca bontate,

ma per sua nobiltate,

mi pose in vita sì dolce e soave,

ch'io mi sentia dir dietro spesse fiate:

«Deo, per qual dignitate

così leggiadro questi lo core have?»

Or ho perduta tutta mia baldanza,

che si movea d'amoroso tesoro;

ond'io pover dimoro,

in guisa che di dir mi ven dottanza.

Sì che volendo far come coloro

che per vergogna celan lor mancanza,

di fuor mostro allegranza,

e dentro dallo core struggo e ploro.

Questo sonetto ha due parti principali; che ne la prima intendo chiamare li fedeli d'Amore per quelle parole di Geremia profeta che dicono: "O vos omnes qui transitis per viam, attendite et videte si est dolor sicut dolor meus", e pregare che mi sofferino d'audire; nella seconda narro là ove Amore m'avea posto, con altro intendimento che l'estreme parti del sonetto non mostrano, e dico che io hoe ciò perduto. La seconda parte comincia quivi: "Amor, non già".

VIII. Appresso lo partire di questa gentile donna fue piacere del segnore de li angeli di chiamare a la sua gloria una donna giovane e di gentile aspetto molto, la quale fue assai graziosa in questa sopradetta cittad; lo cui corpo io vidi giacere sanza l'anima in mezzo di molte donne, le quali piangeano assai pietosamente. Allora ricordandomi che già l'avea veduta fare compagnia a quella gentilissima, non poteo sostenere alquante lagrime; anzi piangendo mi propuosi di dicere alquante parole de la sua morte, in guiderdone di ciò che alcuna fiata l'avea veduta con la mia donna. E di ciò toccai alcuna cosa ne l'ultima parte de le parole che io ne dissi, sì come appare manifestamente a chi lo intende. E dissi allora questi due sonetti, li quali comincia lo primo: "*Piangete, amanti,*" e lo secondo: "*Morte villana*".

Piangete, amanti, poi che piange Amore,

udendo qual cagion lui fa plorare.

Amor sente a Pietà donne chiamare,

mostrando amaro duol per li occhi fore,

perché villana Morte in gentil core

ha miso il suo crudele adoperare,

guastando ciò che al mondo è da laudare

in gentil donna sovra de l'onore.

Audite quanto Amor le fece orranza,

ch'io 'l vidi lamentare in forma vera

sovra la morta imagine avenente;

e riguardava ver lo ciel sovente,

ove l'alma gentil già locata era,

che donna fu di sì gaia sembianza.

Questo primo sonetto si divide in tre parti: ne la prima chiamo e sollìcito li fedeli d'Amore a piangere e dico che lo segnore loro piange, e dico «udendo la cagione per che piange,» acciò che s'acconcino più ad ascoltarmi; ne la seconda narro la cagione; ne la terza parlo d'alcuno onore che Amore fece a questa donna. La seconda parte comincia quivi: "Amor sente"; la terza quivi: "Audite".

Morte villana, di pietà nemica,

di dolor madre antica,

giudicio incontastabile gravoso,

poi che hai data matera al cor doglioso,

ond'io vado pensoso,

di te blasmar la lingua s'affatica.

E s'io di grazia ti vòi far mendica,

convènesi ch'eo dica

lo tuo fallar d'onni torto tortoso,

non però ch'a la gente sia nascoso,

ma per farne cruccioso

chi d'amor per innanzi si notrica.

Dal secolo hai partita cortesia

e ciò ch'è in donna da pregiar vertute:

in gaia gioventute

distrutta hai l'amorosa leggiadria.

Più non vòi discovrir qual donna sia

che per le propietà sue canosciute.

Chi non merta salute

non speri mai d'aver sua compagnia.

Questo sonetto si divide in quattro parti: ne la prima parte, chiamo la Morte per certi suoi nomi propri; ne la seconda, parlando a lei, dico la cagione per che io mi muovo a biasimarla: ne la terza, la vitupero; ne la quarta, mi volgo a parlare a indiffinita persona, avvegna che quanto a lo mio intendimento sia diffinita. La seconda comincia quivi: "poi che hai data"; la terza quivi: "E s'io di grazia"; la quarta quivi: "Chi non merta salute".

IX. Appresso la morte di questa donna alquanti die, avvenne cosa per la quale me convenne partire de la sopradetta cittad e ire verso quelle parti dov'era la gentile donna ch'era stata mia difesa, avegna che non tanto fosse lontano lo termine de lo mio andare quanto ella era. E tutto ch'io fosse a la compagnia di molti, quanto a la vista, l'andare mi dispiacea sì, che quasi li sospiri non poteano disfogare l'angoscia che lo cuore sentia, però ch'io mi dilungava da la mia beatitudine. E però lo dolcissimo segnore, lo quale mi segnoreggiava per la vertù de la gentilissima donna, ne la mia imaginazione apparve come peregrino leggeramente vestito e di vili drappi. Elli mi parea disbigottito, e guardava la terra, salvo che talora li suoi occhi mi parea che si volgessero ad uno fiume bello e corrente e chiarissimo, lo quale sen gìa lungo questo cammino là ov'io era. A me parve che Amore mi chiamasse, e dicèssemi queste parole: «Io vegno da quella donna la quale è stata tua lunga difesa, e so che lo suo rivenire non sarà a gran tempi; e però quello cuore che io ti facea avere a lei, io l'ho meco, e pòrtolo a donna la quale sarà tua difensione, come questa era». E nominòllami per nome, sì che io la conobbi bene. «Ma tuttavia, di queste parole ch'io t'ho ragionate se alcuna cosa ne dicessi, dille nel modo che per loro non si discernesse lo simulato amore che tu hai mostrato a questa e che ti converrà mostrare ad altri». E dette queste parole, disparve questa mia imaginazione tutta subitamente, per la grandissima parte che mi parve che Amore mi desse di sé; e, quasi cambiato ne la vista mia, cavalcai quel giorno pensoso molto ed accompagnato da molti sospiri. Appresso lo giorno, cominciai di ciò questo sonetto, lo quale comincia "*Cavalcando*".

Cavalcando l'altr'ier per un cammino,

pensoso de l'andar che mi sgradia,

trovai Amore in mezzo de la via

in abito leggier di peregrino.

Ne la sembianza mi parea meschino,

come avesse perduta segnoria;

e sospirando pensoso venia,

per non veder la gente, a capo chino.

Quando mi vide, mi chiamò per nome,

e disse: «Io vegno di lontana parte,

ov'era lo tuo cor per mio volere;

e rècolo a servir novo piacere».

Allora presi di lui sì gran parte,

ch'elli disparve, e non m'accorsi come.

Questo sonetto ha tre parti: ne la prima parte dico sì com'io trovai Amore, e quale mi parea; ne la seconda dico quello ch'elli mi disse, avegna che non compiutamente per tema ch'avea di discovrire lo mio secreto; ne la terza dico com'elli mi disparve.La seconda comincia quivi: "Quando mi vide"; la terza: "Allora presi".

X. Appresso la mia ritornata mi misi a cercare di questa donna, che lo mio segnore m'avea nominata ne lo cammino de li sospiri; e acciò che lo mio parlare sia più brieve, dico che in poco tempo la feci mia difesa tanto, che troppa gente ne ragionava oltre li termini de la cortesia; onde molte fiate mi pesava duramente. E per questa cagione, cioè di questa soverchievole voce che parea che m'infamasse viziosamente, quella gentilissima, la quale fue distruggitrice di tutti li vizi e regina de le virtudi, passando per alcuna parte, mi negò lo suo dolcissimo salutare, ne lo quale stava tutta la mia beatitudine. Ed uscendo alquanto del proposito presente, voglio dare a intendere quello che lo suo salutare in me virtuosamente operava.

XI. Dico che quando ella apparia da parte alcuna, per la speranza de la mirabile salute nullo nemico mi rimanea, anzi mi giugnea una fiamma di caritade, la quale mi facea perdonare a chiunque m'avesse offeso; e chi allora m'avesse domandato di cosa alcuna, la mia risponsione sarebbe stata solamente 'Amore', con viso vestito d'umilitade. E quando ella fosse alquanto propinqua al salutare, uno spirito d'amore, distruggendo tutti li altri spiriti sensitivi, pingea fuori li deboletti spiriti del viso, e dicea loro: «Andate a onorare la donna vostra»; ed elli si rimanea nel luogo loro. E chi avesse voluto conoscere Amore, fare lo potea, mirando lo tremare de li occhi miei. E quando questa gentilissima salute salutava, non che Amore fosse tal mezzo che potesse obumbrare a me la intollerabile beatitudine, ma elli quasi per soverchio di dolcezza divenia tale, che lo mio corpo, lo quale era tutto allora sotto lo suo reggimento, molte volte si movea come cosa grave inanimata. Sì che appare manifestamente che ne le sue salute abitava la mia beatitudine, la quale molte volte passava e redundava la mia capacitade.

XII. Ora, tornando al proposito, dico che poi che la mia beatitudine mi fue negata, mi giunse tanto dolore, che, partito me da le genti, in solinga parte andai a bagnare la terra d'amarissime lagrime. E poi che alquanto mi fue sollenato questo lagrimare, misimi ne la mia camera, là ov'io potea lamentarmi sanza essere udito; e quivi, chiamando misericordia a la donna de la cortesia, e dicendo «Amore, aiuta lo tuo fedele», m'addormentai come uno pargoletto battuto lagrimando. Avvenne quasi nel mezzo de lo mio dormire che me parve vedere ne la mia camera lungo me sedere uno giovane vestito di bianchissime vestimenta, e, pensando molto quanto a la vista sua, mi riguardava là ov'io giacea; e quando m'avea guardato alquanto, pareami che sospirando mi chiamasse, e diceami queste parole: «Fili mi, tempus est ut praetermictantur simulacra nostra». Allora mi parea che io lo conoscesse, però che mi chiamava così come assai fiate ne li miei sonni m'avea già chiamato; e riguardandolo, parvemi che piangesse pietosamente, e parea che attendesse da me alcuna parola; ond'io, assicurandomi, cominciai a parlare così con esso: «Segnore de la nobiltade, e perché piangi tu?». E quelli mi dicea queste parole: «Ego tanquam centrum circuli, cui simili modo se habent circumferentiae partes; tu autem non sic». Allora, pensando a le sue parole, mi parea che m'avesse parlato molto oscuramente, sì ch'io mi sforzava di parlare, e diceali queste parole: «Che è ciò, segnore, che mi parli con tanta oscuritade?». E quelli mi dicea in parole volgari: «Non dimandare più che utile ti sia». E però cominciai allora con lui a ragionare de la salute la quale mi fue negata, e domandàilo de la cagione; onde in questa guisa da lui mi fue risposto: «Quella nostra Beatrice udio da certe persone, di te ragionando, che la donna la quale io ti nominai nel cammino de li sospiri, ricevea da te alcuna noia; e però questa gentilissima, la quale è contraria di tutte le noie, non degnò salutare la tua persona, temendo non fosse noiosa. Onde con ciò sia cosa che veracemente sia conosciuto per lei alquanto lo tuo secreto per lunga consuetudine, voglio che tu dichi certe parole per rima, ne le quali tu comprendi la forza che io tegno sopra te per lei, e come tu fosti suo tostamente da la tua puerizia. E di ciò chiama testimonio colui che lo sa, e come tu prieghi lui che li le dica; ed io, che son quelli, volentieri le ne ragionerò; e per questo sentirà ella la tua volontade la quale sentendo, conoscerà le parole de li ingannati. Queste parole fa che siano quasi un mezzo, sì che tu non parli a lei immediatamente, che non è degno; e no le mandare in parte sanza me, ove potessero essere intese da lei, ma falle adornare di soave armonia, ne la quale io sarò tutte le volte che farà mestiere». E dette queste parole, sì disparve, e lo mio sonno fue rotto. Onde io ricordandomi trovai che questa visione m'era apparita ne la nona ora del die; e anzi ch'io uscisse di questa camera, propuosi di fare una ballata, ne la quale io seguitasse ciò che lo mio segnore m'avea imposto; e feci poi questa ballata, che comincia: *"Ballata, i' vo'"*.

Ballata, i' vo' che tu ritrovi Amore,

e con lui vade a madonna davante,

sì che la scusa mia, la qual tu cante,

ragioni poi con lei lo mio segnore.

Tu vai, ballata, sì cortesemente,

che sanza compagnia

dovresti avere in tutte parti ardire;

ma se tu vuoli andar sicuramente,

retrova l'Amor pria,

ché forse non è bon sanza lui gire;

però che quella che ti dee audire,

sì com'io credo, è ver di me adirata:

se tu di lui non fossi accompagnata,

leggeramente ti faria disnore.

Con dolze sono, quando se' con lui,

comincia este parole,

appresso che averai chesta pietate:

«Madonna, quelli che mi manda a vui,

quando vi piaccia, vole,

sed elli ha scusa, che la m'intendiate.

Amore è qui, che per vostra bieltate

lo face, come vol, vista cangiare:

dunque perché li fece altra guardare

pensatel voi, da che non mutò 'l core».

Dille: «Madonna, lo suo core è stato

con sì fermata fede,

che 'n voi servir l'ha 'mpronto onne pensero:

tosto fu vostro, e mai non s'è smagato».

Sed ella non ti crede,

dì che domandi Amor, che sa lo vero:

ed a la fine falle umil preghero,

lo perdonare se le fosse a noia,

che mi comandi per messo ch'eo moia,

e vedrassi ubidir ben servidore.

E dì a colui ch'è d'ogni pietà chiave,

avante che sdonnei,

che le saprà contar mia ragion bona:

«Per grazia de la mia nota soave

reman tu qui con lei,

e del tuo servo ciò che vuoi ragiona;

e s'ella pel tuo prego li perdona,

fa che li annunzi un bel sembiante pace».

Gentil ballata mia, quando ti piace,

movi in quel punto che tu n'aggie onore.

Questa ballata in tre parti si divide: ne la prima dico a lei ov'ella vada, e confòrtola però che vada più sicura, e dico ne la cui compagnia si metta, se vuole sicuramente andare e sanza pericolo alcuno; ne la seconda dico quello che lei si pertiene di fare intendere; ne la terza la licenzio del gire quando vuole, raccomandando lo suo movimento ne le braccia de la fortuna. La seconda parte comincia quivi: "Con dolze sono"; la terza quivi: "Gentil ballata".

Potrebbe già l'uomo opporre contra me e dicere che non sapesse a cui fosse lo mio parlare in seconda persona, però che la ballata non è altro che queste parole ched io parlo: e però dico che questo dubbio io lo intendo solvere e dichiarare in questo libello ancora in parte più dubbiosa; e allora intenda qui chi qui dubita, o chi qui volesse opporre in questo modo.

XIII. Appresso di questa soprascritta visione, avendo già dette le parole che Amore m'avea imposte a dire, mi cominciaro molti e diversi pensamenti a combattere ed a tentare, ciascuno quasi indefensibilemente; tra li quali pensamenti quattro mi parea che ingombrassero più lo riposo de la vita. L'uno de li quali era questo: buona è la signoria d'Amore, però che trae lo intendimento del suo fedele da tutte le vili cose. L'altro era questo: non buona è la signoria d'Amore, però che quanto lo suo fedele più fede li porta, tanto più gravi e dolorosi punti li conviene passare. L'altro era questo: lo nome d'Amore è sì dolce a udire, che impossibile mi pare che la sua propria operazione sia ne le più cose altro che dolce, con ciò sia cosa che li nomi sèguitino le nominate cose, sì come è scritto: "Nomina sunt consequentia rerum". Lo quarto era questo: la donna per cui Amore ti stringe così, non è come l'altre donne, che leggeramente si muova dal suo cuore. E ciascuno mi combattea tanto, che mi facea stare quasi come colui che non sa per qual via pigli lo suo cammino, e che vuole andare e non sa onde se ne vada; e se io pensava di volere cercare una comune via di costoro, cioè là ove tutti s'accordassero, questa era via molto inimica verso me, cioè di chiamare e di mettermi ne le braccia de la Pietà. E in questo stato dimorando, mi giunse volontade di scriverne parole rimate; e dìssine allora questo sonetto, lo quale comincia: "*Tutti li miei pensier*".

Tutti li miei pensier parlan d'Amore;

e hanno in loro sì gran varietate,

ch'altro mi fa voler sua potestate,

altro folle ragiona il suo valore,

altro sperando m'aporta dolzore,

altro pianger mi fa spesse fiate;

e sol s'accordano in cherer pietate,

tremando di paura, che è nel core.

Ond'io non so da qual matera prenda;

e vorrei dire, e non so ch'io mi dica:

così mi trovo in amorosa erranza.

E se con tutti vòi far accordanza,

convènemi chiamar la mia nemica,

madonna la Pietà, che mi difenda.

Questo sonetto in quattro parti si può dividere: ne la prima dico e soppongo che tutti li miei pensieri sono d'Amore; ne la seconda dico che sono diversi, e narro la loro diversitade; ne la terza dico in che tutti pare che s'accordino; ne la quarta dico che volendo dire d'Amore, non so da qual parte pigli matera, e se la voglio pigliare da tutti, convene che io chiami la mia inimica, madonna la Pietade; e dico «madonna» quasi per disdegnoso modo di parlare. La seconda parte comincia quivi: "e hanno in loro"; la terza quivi: "e sol s'accordano"; la quarta quivi: "Ond'io non so".

XIV. Appresso la battaglia de li diversi pensieri avvenne che questa gentilissima venne in parte ove molte donne gentili erano adunate; a la qual parte io fui condotto per amica persona, credendosi fare a me grande piacere, in quanto mi menava là ove tante donne mostravano le loro bellezze. Onde io, quasi non sappiendo a che io fossi menato, e fidandomi ne la persona, la quale uno suo amico a l'estremitade de la vita condotto avea, dissi a lui: «Perché semo noi venuti a queste donne?». Allora quelli mi disse: «Per fare sì ch'elle siano degnamente servite». E lo vero è che adunate quivi erano a la compagnia d'una gentile donna che disposata era lo giorno; e però, secondo l'usanza de la sopradetta cittade, convenia che le facessero compagnia nel primo sedere a la mensa che facea ne la magione del suo novello sposo. Sì che io credendomi fare piacere di questo amico, propuosi di stare al servigio de le donne ne la sua compagnia. E nel fine del mio proponimento, mi parve sentire uno mirabile tremore incominciare nel mio petto da la sinistra parte e distendersi di subito per tutte le parti del mio corpo. Allora dico che io poggiai la mia persona simulatamente ad una pintura, la quale circundava questa magione; e temendo non altri si fosse accorto del mio tremare, levai gli occhi, e mirando le donne, vidi tra loro la gentilissima Beatrice. Allora fuoro sì distrutti li miei spiriti per la forza che Amore prese veggendosi in tanta propinquitade a la gentilissima donna, che non ne rimasero in vita più che li spiriti del viso; e ancora questi rimasero fuori de li loro istrumenti, però che Amore volea stare nel loro nobilissimo luogo per vedere la mirabile donna. E avvegna che io fossi altro che prima, molto mi dolea di questi spiritelli, che si lamentavano forte e diceano: «Se questi non ci infolgorasse così fuori del nostro luogo, noi potremmo stare a vedere la maraviglia di questa donna così come stanno li altri nostri pari». Io dico che molte di queste donne, accorgendosi de la mia trasfigurazione, si cominciaro a maravigliare, e ragionando si gabbavano di me con questa gentilissima; onde lo ingannato amico di buona fede mi prese per la mano, e traendomi fuori de la veduta di queste donne, sì mi domandò che io avesse. Allora io riposato alquanto, e resurressiti li morti spiriti miei, e li discacciati rivenuti a le loro possessioni, dissi a questo mio amico queste parole: «Io tenni li piedi in quella parte de la vita, di là da la quale non si puote ire più per intendimento di ritornare». E partitomi da lui, mi ritornai ne la camera de le lagrime; ne la quale, piangendo e vergognandomi, fra me stesso dicea: «Se questa donna sapesse la mia condizione, io non credo che così gabbasse la mia persona, anzi credo che molta pietade le ne verrebbe». E in questo pianto stando, propuosi di dire parole, ne le quali, parlando a lei, significasse la cagione del mio trasfiguramento, e dicesse che io so bene ch'ella non è saputa, e che se fosse saputa, io credo che pietà ne giugnerebbe altrui; e propuòsile di dire, desiderando che venissero per avventura ne la sua audienza. E allora dissi questo sonetto, lo quale comincia: *"Con l'altre donne"*.

Con l'altre donne mia vista gabbate,

e non pensate, donna, onde si mova

ch'io vi rassembri sì figura nova

quando riguardo la vostra beltate.

Se lo saveste, non porìa Pietate

tener più contra me l'usata prova,

ché Amor, quando sì presso a voi mi trova,

prende baldanza e tanta securtate,

che fère tra' miei spiriti paurosi,

e quale ancide, e qual pinge di fore,

sì che solo remane a veder vui:

ond'io mi cangio in figura d'altrui,

ma non sì ch'io non senta bene allore

li guai de li scacciati tormentosi.

Questo sonetto non divido in parti, però che la divisione non si fa se non per aprire la sentenzia de la cosa divisa; onde, con ciò sia cosa che per la sua ragionata cagione assai sia manifesto, non ha mestiere di divisione. Vero è che tra le parole dove si manifesta la cagione di questo sonetto, si scrivono dubbiose parole, cioè quando dico che Amore uccide tutti li miei spiriti, e li visivi rimangono in vita, salvo che fuori de li strumenti loro. E questo dubbio è impossibile a solvere a chi non fosse in simile grado fedele d'Amore; ed a coloro che vi sono, è manifesto ciò che solverebbe le dubitose parole: e però non è bene a me di dichiarare cotale dubitazione, acciò che lo mio parlare dichiarando sarebbe indarno, o vero di soperchio.

XV. Appresso la nuova trasfigurazione, mi giunse uno pensamento forte, lo quale poco si partìa da me, anzi continuamente mi riprendea, ed era di cotale ragionamento meco: «Poscia che tu perviene a così dischernevole vista, quando tu se' presso di questa donna, perché pur cerchi di vedere lei? Ecco che tu fossi domandato da lei, che avrestù da rispondere, ponendo che tu avessi libera ciascuna tua vertude, in quanto tu le rispondessi? » Ed a costui rispondea un altro umile pensero, e dicea: «S'io non perdessi le mie vertudi, e fossi libero tanto che io le potessi rispondere, io le direi che, sì tosto com'io imagino la sua mirabile bellezza, sì tosto mi giugne uno desiderio di vederla, lo quale è di tanta vertude, che uccide e distrugge ne la mia memoria ciò che contra lui si potesse levare; e però non mi ritraggono le passate passioni da cercare la veduta di costei». Onde io, mosso da cotali pensamenti, propuosi di dire certe parole, ne le quali, escusandomi a lei da cotale riprensione, ponesse anche di quello che mi diviene presso di lei; e dissi questo sonetto, lo quale comincia: *"Ciò che m'incontra"*.

Ciò che m'incontra ne la mente, more,

quand'i' vegno a veder voi, bella gioia;

e quand'io vi son presso, i' sento Amore

che dice: «Fuggi, se 'l perir t'è noia».

Lo viso mostra lo color del core,

che, tramortendo, ovunque pò s'appoia;

e per la ebrietà del gran tremore

le pietre par che gridin: «Moia, moia».

Peccato face chi allora mi vide,

se l'alma sbigottita non conforta,

sol dimostrando che di me li doglia,

per la pietà, che 'l vostro gabbo ancide,

la qual si cria ne la vista morta

de li occhi, c'hanno di lor morte voglia.

Questo sonetto si divide in due parti: ne la prima dico la cagione per che non mi tengo di gire presso di questa donna; ne la seconda dico quello che mi diviene per andare presso di lei; e comincia questa parte quivi: "e quand'io vi son presso". Ed anche si divide questa seconda parte in cinque, secondo cinque diverse narrazioni: che ne la prima dico quello che Amore, consigliato da la ragione, mi dice quando le sono presso; ne la seconda manifesto lo stato del cuore per esempio del viso; ne la terza dico sì come onne sicurtade mi viene meno; ne la quarta dico che pecca quelli che non mostra pietà di me, acciò che mi sarebbe alcuno conforto; ne l'ultima dico perché altri doverebbe avere pietà, e ciò è per la pietosa vista che ne li occhi mi giugne; la quale vista pietosa è distrutta, cioè non pare altrui, per lo gabbare di questa donna, la quale trae a sua simile operazione coloro che forse vederebbono questa pietà. La seconda parte comincia quivi: "Lo viso mostra"; la terza quivi: "e per la ebrietà"; la quarta: "Peccato face"; la quinta: "per la pietà".

XVI. Appresso ciò, che io dissi questo sonetto, mi mosse una volontade di dire anche parole, ne le quali io dicesse quattro cose ancora sopra lo mio stato, le quali non mi parea che fossero manifestate ancora per me. La prima de le quali si è che molte volte io mi dolea, quando a mia memoria movesse la fantasia ad imaginare quale Amore mi facea. La seconda si è che Amore spesse volte di subito m'assalia sì forte, che 'n me non rimanea altro di vita se non un pensero che parlava di questa donna. La terza si è che quando questa battaglia d'Amore mi pugnava così, io mi movea quasi discolorito tutto per vedere questa donna, credendo che mi difendesse la sua veduta da questa battaglia, dimenticando quello che per appropinquare a tanta gentilezza m'addivenia. La quarta si è come cotale veduta non solamente non mi difendea, ma finalmente disconfiggea la mia poca vita. E però dissi questo sonetto, lo quale comincia: "*Spesse fiate*".

Spesse fiate vègnonmi a la mente

le oscure qualità ch'Amor mi dona,

e vènnemi pietà, sì che sovente

io dico: «Lasso! avvien elli a persona?»;

ch'Amor m'assale subitanamente,

sì che la vita quasi m'abbandona:

càmpami uno spirto vivo solamente,

e que' riman, perché di voi ragiona.

Poscia mi sforzo, ché mi voglio atare;

e così smorto, d'onne valor vòto,

vegno a vedervi, credendo guerire:

e se io levo li occhi per guardare,

nel cor mi si comincia uno tremoto,

che fa de' polsi l'anima partire.

Questo sonetto si divide in quattro parti, secondo che quattro cose sono in esso narrate; e però che sono di sopra ragionate, non m'intrametto se non di distinguere le parti per li loro cominciamenti. Onde dico che la seconda parte comincia quivi: "ch'Amor"; la terza quivi: "Poscia mi sforzo"; la quarta quivi: "e se io levo".

XVII. Poi che dissi questi tre sonetti, ne li quali parlai a questa donna, però che fuoro narratori di tutto quasi lo mio stato, credendomi tacere e non dire più, però che mi parea di me assai avere manifestato, avvegna che sempre poi tacesse di dire a lei, a me convenne ripigliare matera nuova e più nobile che la passata. E però che la cagione de la nuova matera è dilettevole a udire, la dicerò, quanto potrò più brievemente.

XVIII. Con ciò sia cosa che per la vista mia molte persone avessero compreso lo secreto del mio cuore, certe donne, le quali adunate s'erano, dilettandosi l'una ne la compagnia de l'altra, sapeano bene lo mio cuore, però che ciascuna di loro era stata a molte mie sconfitte; ed io passando appresso di loro, sì come da la fortuna menato, fui chiamato da una di queste gentili donne. La donna che m'avea chiamato, era donna di molto leggiadro parlare; sì che quand'io fui giunto dinanzi da loro, e vidi bene che la mia gentilissima donna non era con esse, rassicurandomi le salutai, e domandai che piacesse loro. Le donne erano molte, tra le quali n'avea certe che si rideano tra loro. Altre v'erano che mi guardavano, aspettando che io dovessi dire. Altre v'erano che parlavano tra loro. De le quali una, volgendo li suoi occhi verso me e chiamandomi per nome, disse queste parole: «A che fine ami tu questa tua donna, poi che tu non puoi sostenere la sua presenza? Dilloci, ché certo lo fine di cotale amore conviene che sia novissimo». E poi che m'ebbe dette queste parole, non solamente ella, ma tutte l'altre cominciaro ad attendere in vista la mia risponsione. Allora dissi queste parole loro: «Madonne, lo fine del mio amore fue già lo saluto di questa donna, forse di cui voi intendete, ed in quello dimorava la beatitudine, ché era fine di tutti li miei desiderii. Ma poi che le piacque di negarlo a me, lo mio segnore Amore, la sua merzede, ha posto tutta la mia beatitudine in quello che non mi puote venire meno». Allora queste donne cominciaro a parlare tra loro; e sì come talora vedemo cadere l'acqua mischiata di bella neve, così mi parea udire le loro parole uscire mischiate di sospiri. E poi che alquanto ebbero parlato tra loro, anche mi disse questa donna che m'avea prima parlato, queste parole: «Noi ti preghiamo che tu ne dichi ove sia questa tua beatitudine». Ed io, rispondendo lei, dissi cotanto: «In quelle parole che lodano la donna mia». Allora mi rispuose questa che mi parlava: «Se tu ne dicessi vero, quelle parole che tu n'hai dette in notificando la tua condizione, avrestù operate con altro intendimento». Onde io, pensando a queste parole, quasi vergognoso mi partìo da loro, e venia dicendo fra me medesimo: «Poi che è tanta beatitudine in quelle parole che lodano la mia donna, perché altro parlare è stato lo mio?». E però propuosi di prendere per matera de lo mio parlare sempre mai quello che fosse loda di questa gentilissima; e pensando molto a ciò, pareami avere impresa troppo alta matera quanto a me, sì che non ardia di cominciare; e così dimorai alquanti dì con disiderio di dire e con paura di cominciare.

XIX. Avvenne poi che passando per uno cammino, lungo lo quale sen gìa uno rivo chiaro molto, a me giunse tanta volontade di dire, che io cominciai a pensare lo modo ch'io tenesse; e pensai che parlare di lei non si convenia che io facesse, se io non parlasse a donne in seconda persona, e non ad ogni donna, ma solamente a coloro che sono gentili e che non sono pure femmine. Allora dico che la mia lingua parlò quasi come per se stessa mossa, e disse: "Donne ch'avete intelletto d'amore". Queste parole io ripuosi ne la mente con grande letizia, pensando di prenderle per mio cominciamento; onde poi ritornato a la sopradetta cittad, pensando alquanti die, cominciai una canzone con questo cominciamento, ordinata nel modo che si vedrà di sotto ne la sua divisione. La canzone comincia: "*Donne ch'avete*".

Donne ch'avete intelletto d'amore,

i' vo' con voi de la mia donna dire,

non perch'io creda sua laude finire,

ma ragionar per isfogar la mente.

Io dico che pensando il suo valore,

Amor sì dolce mi si fa sentire,

che s'io allora non perdessi ardire,

farei parlando innamorar la gente:

E io non vo' parlar sì altamente,

ch'io divenisse per temenza vile;

ma tratterò del suo stato gentile

a respetto di lei leggeramente,

donne e donzelle amorose, con vui,

ché non è cosa da parlarne altrui.

Angelo clama in divino intelletto

e dice: «Sire, nel mondo si vede

maraviglia ne l'atto che procede

d'un'anima che 'nfin quassù risplende».

Lo cielo, che non have altro difetto

che d'aver lei, al suo segnor la chiede,

e ciascun santo ne grida merzede.

Sola Pietà nostra parte difende,

ché parla Dio, che di madonna intende:

«Diletti miei, or sofferite in pace

che vostra spene sia quanto me piace

là ov' è alcun che perder lei s'attende,

e che dirà ne lo inferno: «O malnati,

io vidi la speranza de' beati».

Madonna è disiata in sommo cielo:

or vòi di sua virtù farvi savere.

Dico, qual vuol gentil donna parere

vada con lei, chè quando va per via,

gitta nei cor villani Amore un gelo,

per che onne lor pensero agghiaccia e père;

e qual soffrisse di starla a vedere

diverria nobil cosa, o si morria;

E quando trova alcun che degno sia

di veder lei, quei prova sua vertute,

ché li avvien ciò che li dona salute,

e sì l'umilia ch'ogni offesa oblia.

Ancor l'ha Dio per maggior grazia dato

che non pò mal finir chi l'ha parlato.

Dice di lei Amor: «Cosa mortale

come esser pò sì adorna e sì pura?»

Poi la reguarda, e fra se stesso giura

che Dio ne 'ntenda di far cosa nova.

Color di perle ha quasi in forma, quale

convene a donna aver, non for misura;

ella è quanto de ben pò far natura;

per esemplo di lei bieltà si prova.

De li occhi suoi, come ch'ella li mova,

escono spirti d'amore inflammati,

che fèron li occhi a qual che allor la guati,

e passan sì che 'l cor ciascun retrova:

voi le vedete Amor pinto nel viso,

là 've non pote alcun mirarla fiso.

Canzone, io so che tu girai parlando

a donne assai, quand'io t'avrò avanzata.

Or t'ammonisco, perch'io t'ho allevata

per figliuola d'Amor giovane e piana,

che là ove giugni tu dichi pregando:

«Insegnàtemi gir, ch'io son mandata

a quella di cui laude so' adornata».

E se non vuoli andar sì come vana,

non restare ove sia gente villana;

ingègnati, se puoi, d'esser palese

solo con donne o con omo cortese,

che ti merranno là per via tostana.

Tu troverai Amor con esso lei;

raccomàndami a lui come tu dei.

Questa canzone, acciò che sia meglio intesa, la dividerò più artificiosamente che l'altre cose di sopra. E però prima ne fo tre parti: la prima parte è proemio de le sequenti parole; la seconda è lo intento trattato; la terza è quasi una serviziale de le precedenti parole. La seconda comincia quivi: "Angelo clama"; la terza quivi: "Canzone, io so che". La prima parte si divide in quattro: ne la prima dico a cu' io dicer voglio de la mia donna, e perché io voglio dire; ne la seconda dico quale me pare avere a me stesso quand'io penso lo suo valore, e com'io direi s'io non perdessi l'ardimento; ne la terza dico come credo dire di lei, acciò ch'io non sia impedito da viltà; ne la quarta, ridicendo anche a cui ne intenda dire, dico la cagione per che dico a loro. La seconda comincia quivi: "Io dico"; la terza quivi: "E io non vo' parlar"; la quarta: "donne e donzelle". Poscia quando dico: "Angelo clama", comincio a trattare di questa donna. E dividesi questa parte in due: ne la prima dico che di lei si comprende in cielo; ne la seconda dico che di lei si comprende in terra, quivi: "Madonna è disiata". Questa seconda parte si divide in due; che ne la prima dico di lei quanto da la parte de la nobilitade de la sua anima, narrando alquanto de le sue vertudi effettive che de la sua anima procedeano; ne la seconda dico di lei quanto da la parte de la nobilitade del suo corpo, narrando alquanto de le sue bellezze, quivi: "Dice di lei Amor". Questa seconda parte si divide in due: che ne la prima dico d'alquante bellezze che sono secondo tutta la persona; ne la seconda dico d'alquante bellezze che sono secondo diterminata parte de la persona, quivi: "De li occhi suoi". Questa seconda parte si divide in due: che ne l'una dico deli occhi, li quali sono principio d'amore; ne la seconda dico de la bocca, la quale è fine d'amore. E acciò che quinci si lievi ogni vizioso pensiero, ricòrdisi chi ci legge che di sopra è scritto che lo saluto di questa donna, lo quale era de le operazioni de la bocca sua, fue fine de li miei desiderii mentre ch'io lo potei ricevere. Poscia quando dico: "Canzone, io so che tu", aggiungo una stanza quasi come ancella de l'altre, ne la quale dico quello che di questa mia canzone desidero; e però che questa ultima parte è lieve a intendere, non mi travaglio di più divisioni. Dico bene che, a più aprire lo intendimento di questa canzone, si converrebbe usare di più minute divisioni; ma tuttavia chi non è di tanto ingegno che per queste che sono fatte la possa intendere, a me non dispiace se la mi lascia stare, ché certo io temo d'avere a troppi comunicato lo suo intendimento pur per queste divisioni che fatte sono, s'elli avvenisse che molti le potessero audire.

XX. Appresso che questa canzone fue alquanto divolgata tra le genti, con ciò fosse cosa che alcuno amico l'udisse, volontade lo mosse a pregare me che io li dovesse dire che è Amore, avendo forse per l'udite parole speranza di me oltre che degna. Onde io pensando che appresso di cotale trattato, bello era trattare alquanto d'Amore, e pensando che l'amico era da servire, propuosi di dire parole ne le quali io trattassi d'Amore; e allora dissi questo sonetto, lo qual comincia: *Amore e 'l cor gentil*".

Amore e 'l cor gentil sono una cosa,

sì come il saggio in suo dittare pone,

e così esser l'un sanza l'altro osa

com'alma razional sanza ragione.

Fàlli natura quand'è amorosa,

Amor per sire e 'l cor per sua magione,

dentro la qual dormendo si riposa

tal volta poca e tal lunga stagione.

Bieltate appare in saggia donna pui,

che piace a gli occhi sì, che dentro al core

nasce un disio de la cosa piacente;

e tanto dura talora in costui,

che fa svegliar lo spirito d'Amore.

E simil fàce in donna omo valente.

Questo sonetto si divide in due parti: ne la prima dico di lui in quanto è in potenzia; ne la seconda dico di lui in quanto di potenzia si riduce in atto. La seconda comincia quivi: "Bieltate appare". La prima si divide in due: ne la prima dico in che suggetto sia questa potenzia; ne la seconda dico sì come questo suggetto e questa potenzia siano produtti in essere, e come l'uno guarda l'altro come forma materia. La seconda comincia quivi: "Fàlli natura". Poscia quando dico: "Bieltate appare", dico come questa potenzia si riduce in atto; e prima come si riduce in uomo, poi come si riduce in donna, quivi: "E simil fàce in donna".

XXI. Poscia che trattai d'Amore ne la soprascritta rima, vènnemi volontade di volere dire, anche in loda di questa gentilissima, parole per le quali io mostrasse come per lei si sveglia questo Amore, e come non solamente si sveglia là ove dorme, ma là ove non è in potenzia, ella, mirabilmente operando, lo fa venire. E allora dissi questo sonetto, lo quale comincia: "*Negli occhi porta*".

Negli occhi porta la mia donna Amore,

per che si fa gentil ciò ch'ella mira;

ov'ella passa, ogn'om vèr lei si gira,

e cui saluta fa tremar lo core,

sì che, bassando il viso, tutto smore,

e d'ogni suo difetto allor sospira:

fugge dinanzi a lei superbia ed ira.

Aiutatemi, donne, farle onore.

Ogne dolcezza, ogne pensero umile

nasce nel core a chi parlar la sente,

ond'è laudato chi prima la vide.

Quel ch'ella par quando un poco sorride,

non si pò dicer né tenere a mente,

sì è novo miracolo e gentile.

Questo sonetto sì ha tre parti. Ne la prima dico sì come questa donna riduce questa potenzia in atto, secondo la nobilissima parte de li suoi occhi; e ne la terza dico questo medesimo, secondo la nobilissima parte de la sua bocca: e intra queste due parti è una particella, ch'è quasi domandatrice d'aiuto a la precedente parte ed a la sequente, e comincia quivi: "Aiutatemi, donne." La terza comincia quivi: "Ogne dolcezza". La prima si divide in tre; che ne la prima parte dico sì come virtuosamente fae gentile tutto ciò che vede, e questo è tanto a dire quanto inducere Amore in potenzia là ove non è; ne la seconda dico come reduce in atto Amore ne li cuori di tutti coloro cui vede; ne la terza dico quello che poi virtuosamente adopera ne' loro cuori. La seconda comincia quivi: "ov'ella passa"; la terza quivi: "e cui saluta". Poscia quando dico: "Aiutatemi, donne," do a intendere a cui la mia intenzione è di parlare, chiamando le donne che m'aiutino onorare costei. Poscia quando dico: "Ogne dolcezza," dico quello medesimo che detto è ne la prima parte, secondo due atti de la sua bocca; l'uno de li quali è lo suo dolcissimo parlare, e l'altro lo suo mirabile riso; salvo che non dico di questo ultimo come adopera ne li cuori altrui, però che la memoria non puote ritenere lui né sua operazione.

XXII. Appresso ciò non molti dì passati, sì come piacque al glorioso sire lo quale non negòe la morte a sé, colui che era stato genitore di tanta maraviglia quanta si vedea ch'era questa nobilissima Beatrice, di questa vita uscendo, a la gloria eternale se ne gìo veracemente. Onde, con ciò sia cosa che cotale partire sia doloroso a coloro che rimangono e sono stati amici di colui che se ne va; e nulla sia sì intima amistade come da buon padre a buon figliuolo e da buon figliuolo a buon padre; e questa donna fosse in altissimo grado di bontade, e lo suo padre, sì come da molti si crede e vero è, fosse bono in alto grado; manifesto è che questa donna fue amarissimamente piena di dolore. E con ciò sia cosa che, secondo l'usanza de la sopradetta cittad, donne con donne e uomini con uomini s'adunino a cotale tristizia, molte donne s'adunaro colà dove questa Beatrice piangea pietosamente: onde io veggendo ritornare alquante donne da lei, udio dicere loro parole di questa gentilissima, com'ella si lamentava; tra le quali parole udio che diceano: «Certo ella piange sì, che quale la mirasse doverebbe morire di pietade». Allora trapassaro queste donne; ed io rimasi in tanta tristizia, che alcuna lagrima talora bagnava la mia faccia, onde io mi ricopria con porre le mani spesso a li miei occhi: e se non fosse ch'io attendea audire anche di lei, però ch'io era in luogo onde se ne gìano la maggior parte di quelle donne che da lei si partìano, io mi sarei nascoso incontanente che le lagrime m'aveano assalito. E però dimorando ancora nel medesimo luogo, donne anche passaro presso di me, le quali andavano ragionando tra loro queste parole: «Chi dee mai essere lieta di noi, che avemo udita parlar questa donna così pietosamente?». Appresso costoro passaro altre donne, che veniano dicendo: «Questi ch'è qui, piange né più né meno come se l'avesse veduta, come noi avemo». Altre dipoi diceano di me: «Vedi questi che non pare esso, tal è divenuto». E così passando queste donne, udio parole di lei e di me in questo modo che detto è. Onde io poi, pensando, propuosi di dire parole, acciò che degnamente avea cagione di dire, ne le quali parole io conchiudesse tutto ciò che inteso avea da queste donne; e però che volentieri l'averei domandate, se non mi fosse stata riprensione, presi tanta matera di dire come s'io l'avesse domandate ed elle m'avessero risposto. E feci due sonetti; che nel primo domando in quello modo che voglia mi giunse di domandare; ne l'altro dico la loro risponsione, pigliando ciò ch'io udio da loro sì come lo mi avessero detto rispondendo. E comincia lo primo: *"Voi che portate la sembianza umile"*, e l'altro: *"Se' tu colui c'hai trattato sovente"*.

Voi, che portate la sembianza umile,

con li occhi bassi mostrando dolore,

onde venite che 'l vostro colore

par divenuto de pietà simile?

Vedeste voi nostra donna gentile

bagnar nel viso suo di pianto Amore?

Ditelmi, donne, che 'l mi dice il core,

perch'io vi veggio andar sanz'atto vile.

E se venite da tanta pietate,

piàcciavi di restar qui meco alquanto,

e qual che sia di lei no 'l mi celate.

Io veggio li occhi vostri c'hanno pianto,

e vèggiovi tornar sì sfigurate,

che 'l cor mi triema di vederne tanto.

Questo sonetto si divide in due parti: ne la prima chiamo e domando queste donne se vegnono da lei, dicendo loro che io lo credo, però che tornano quasi ingentilite; ne la seconda le prego che mi dicano di lei. La seconda comincia quivi: "E se venite".

Qui appresso è l'altro sonetto, sì come dinanzi avemo narrato.

Se' tu colui, c'hai trattato sovente

di nostra donna, sol parlando a nui?

Tu risomigli a la voce ben lui,

ma la figura ne par d'altra gente.

E perché piangi tu sì coralmente,

che fai di te pietà venire altrui?

Vedestù pianger lei, che tu non pui

punto celar la dolorosa mente?

Lascia pianger a noi e triste andare

(e fa peccato chi mai ne conforta),

che nel suo pianto l'udimmo parlare.

Ell'ha nel viso la pietà sì scorta,

che qual l'avesse voluta mirare

sarebbe innanzi lei piangendo morta.

Questo sonetto ha quattro parti, secondo che quattro modi di parlare ebbero in loro le donne per cui rispondo; e però che sono di sopra assai manifesti, non m'intrametto di narrare la sentenzia de le parti, e però le distinguo solamente. La seconda comincia quivi: "E perché piangi"; la terza: "Lascia pianger a noi"; la quarta: "Ell'ha nel viso".

XXIII. Appresso ciò per pochi dì, avvenne che in alcuna parte de la mia persona mi giunse una dolorosa infermitade, onde io continuamente soffersi per nove dì amarissima pena; la quale mi condusse a tanta debolezza, che me convenia stare come coloro li quali non si possono muovere. Io dico che ne lo nono giorno, sentendo me dolere quasi intollerabilmente, a me giunse uno pensero, lo quale era de la mia donna. E quando èi pensato alquanto di lei, ed io ritornai pensando a la mia debilitata vita; e veggendo come leggero era lo suo durare, ancora che sana fosse, sì cominciai a piangere fra me stesso di tanta miseria. Onde, sospirando forte, dicea fra me medesimo: «Di necessitade convene che la gentilissima Beatrice alcuna volta si muoia». E però mi giunse uno sì forte smarrimento, che chiusi li occhi e cominciai a travagliare sì come farnetica persona ed a imaginare in questo modo; che ne lo incominciamento de lo errare che fece la mia fantasia, apparvero a me certi visi di donne scapigliate, che mi diceano: «Tu pur morrai»; e poi, dopo queste donne, m'apparvero certi visi diversi e orribili a vedere, li quali mi diceano: «Tu se' morto». Così cominciando ad errare la mia fantasia, venni a quello ch'io non sapea ove io mi fosse; e vedere mi parea donne andare scapigliate piangendo per via, maravigliosamente triste; e pareami vedere lo sole oscurare, sì che le stelle si mostravano di colore ch'elle mi faceano giudicare che piangessero; e pareami che li uccelli volando per l'aria cadessero morti, e che fossero grandissimi terremuoti. E maravigliandomi in cotale fantasia, e paventando assai, imaginai alcuno amico che mi venisse a dire: «Or non sai? la tua mirabile donna è partita di questo secolo». Allora cominciai a piangere molto pietosamente; e non solamente piangea ne la imaginazione, ma piangea con li occhi, bagnandoli di vere lagrime. Io imaginava di guardare verso lo cielo, e pareami vedere moltitudine d'angeli li quali tornassero in suso, ed aveano dinanzi da loro una nebuletta bianchissima. A me parea che questi angeli cantassero gloriosamente, e le parole del loro canto mi parea udire che fossero queste: "Osanna in excelsis;" ed altro non mi parea udire. Allora mi parea che lo cuore, ove era tanto amore, mi dicesse: «Vero è che morta giace la nostra donna». E per questo mi parea andare per vedere lo corpo ne lo quale era stata quella nobilissima e beata anima; e fue sì forte la erronea fantasia, che mi mostrò questa donna morta: e pareami che donne la covrissero, cioè la sua testa, con uno bianco velo; e pareami che la sua faccia avesse tanto aspetto d'umilitade che parea che dicesse: «Io sono a vedere lo principio de la pace». In questa imaginazione mi giunse tanta umilitade per vedere lei, che io chiamava la Morte, e dicea: «Dolcissima Morte, vieni a me, e non m'essere villana, però che tu dèi essere gentile, in tal parte se' stata! Or vieni a me, che molto ti desidero; e tu lo vedi, ché io porto già lo tuo colore». E quando io avea veduto compiere tutti li dolorosi mestieri che a le còrpora de li morti s'usano di fare, mi parea tornare ne la mia camera, e quivi mi parea guardare verso lo cielo; e sì forte era la mia imaginazione, che piangendo incominciai a dire con verace voce: «Oi anima bellissima, come è beato colui che ti vede!». E dicendo io queste parole con doloroso singulto di pianto, e chiamando la Morte che venisse a me, una donna giovane e gentile, la quale era lungo lo mio letto, credendo che lo mio piangere e le mie parole fossero solamente per lo dolore de la mia infermitade, con grande paura cominciò a piangere. Onde altre donne che per la camera erano, s'accorsero di me, che io piangea, per lo pianto che vedeano fare a questa; onde faccendo lei partire da me, la quale era meco di propinquissima sanguinitade congiunta, elle si trassero verso me per isvegliarmi, credendo che io sognasse, e dicèanmi: «Non dormire più» e «Non ti sconfortare». E parlandomi così, sì mi cessò la forte fantasia entro in quello punto ch'eo volea dicere: «O Beatrice, benedetta sie tu»; e già detto avea «O

Beatrice», quando riscotendomi apersi li occhi, e vidi che io era ingannato. E con tutto che io chiamasse questo nome, la mia voce era sì rotta dal singulto del piangere, che queste donne non mi potero intendere, secondo il mio parere; e avvegna che io vergognasse molto, tuttavia per alcuno ammonimento d'Amore mi rivolsi a loro. E quando mi videro, cominciaro a dire: «Questi pare morto», e a dire tra loro: «Procuriamo di confortarlo»; onde molte parole mi diceano da confortarmi, e talora mi domandavano di che io avesse avuto paura. Onde io essendo alquanto riconfortato, e conosciuto lo fallace imaginare, rispuosi a loro: «Io vi diròe quello ch'i' hoe avuto». Allora, cominciandomi dal principio infino a la fine, dissi loro quello che veduto avea, tacendo lo nome di questa gentilissima. Onde poi sanato di questa infermitade, propuosi di dire parole di questo che m'era addivenuto, però che mi parea che fosse amorosa cosa da udire; e però ne dissi questa canzone: "*Donna pietosa, e di novella etate*", ordinata sì come manifesta la infrascritta divisione.

Donna pietosa, e di novella etate,

adorna assai di gentilezze umane,

che era là 'v'io chiamava spesso Morte,

veggendo li occhi miei pien di pietate,

e ascoltando le parole vane,

si mosse con paura a pianger forte;

E altre donne, che si fuoro accorte

di me per quella che meco piangia,

fecer lei partir via,

e appressârsi per farmi sentire.

Qual dicea: «Non dormire»,

e qual dicea: «Perché sì ti sconforte?»

Allor lassai la nova fantasia,

chiamando il nome de la donna mia.

Era la voce mia sì dolorosa

e rotta sì da l'angoscia del pianto,

ch'io solo intesi il nome nel mio core;

e con tutta la vista vergognosa

ch'era nel viso mio giunta cotanto,

mi fece verso lor volgere Amore.

Elli era tale a veder mio colore,

che facea ragionar di morte altrui:

«Deh, consoliam costui,»

pregava l'una l'altra umilemente;

e dicevan sovente:

«Che vedestù, che tu non hai valore?»

E quando un poco confortato fui,

io dissi: «Donne, dicerollo a vui.

Mentr'io pensava la mia frale vita,

e vedea 'l suo durar com'è leggero,

piànsemi Amor nel core, ove dimora;

per che l'anima mia fu sì smarrita,

che sospirando dicea nel pensero:

- Ben converrà che la mia donna mora! -

Io presi tanto smarrimento allora,

ch'io chiusi li occhi vilmente gravati,

e furon sì smagati

li spirti miei, che ciascun giva errando;

e poscia imaginando,

di conoscenza e di verità fora,

visi di donne m'apparver crucciati,

che mi dicean pur: - Morràti, morràti -.

Poi vidi cose dubitose molte,

nel vano imaginare ov'io entrai;

ed esser mi parea non so in qual loco,

e veder donne andar per via disciolte,

qual lagrimando, e qual traendo guai,

che di tristizia saettavan foco.

Poi mi parve vedere a poco a poco

turbar lo sole ed apparir la stella,

e pianger elli ed ella;

cader li augelli volando per l'âre,

e la terra tremare;

ed omo apparve scolorito e fioco,

dicendomi: - Che fai? Non sai novella?

morta è la donna tua, ch'era sì bella -.

Levava li occhi miei bagnati in pianti,

e vedea (che parean pioggia di manna)

li angeli che tornavan suso in cielo,

ed una nuvoletta avean davanti,

dopo la qual gridavan tutti: "Osanna";

e s'altro avesser detto, a voi dirèlo.

Allor diceva Amor: - Più nol ti celo;

vieni a veder nostra donna che giace. -

Lo imaginar fallace

mi condusse a veder madonna morta;

e quand'io l'avea scorta,

vedea che donne la covrìan d'un velo;

ed avea seco umilità verace,

che parea che dicesse: - Io sono in pace. -

Io divenia nel dolor sì umile,

veggendo in lei tanta umiltà formata,

ch'io dicea: - Morte, assai dolce ti tegno;

tu dèi omai esser cosa gentile,

poi che tu se' ne la mia donna stata,

e dèi aver pietate e non disdegno.

Vedi che sì desideroso vegno

d'esser de' tuoi, ch'io ti somiglio in fede.

Vieni, ché 'l cor te chiede.-

Poi mi partìa, consumato ogne duolo;

e quand'io era solo,

dicea, guardando verso l'alto regno:

- Beato, anima bella, chi te vede! -

Voi mi chiamaste allor, vostra merzede.»

Questa canzone ha due parti: ne la prima dico, parlando a indiffinita persona, come io fui levato d'una vana fantasia da certe donne, e come promisi loro di dirla; ne la seconda dico come io dissi a loro. La seconda comincia quivi: "Mentr'io pensava". La prima parte si divide in due: ne la prima dico quello che certe donne, e che una sola, dissero e fecero per la mia fantasia, quanto è dinanzi che io fossi tornato in verace condizione; ne la seconda dico quello che queste donne mi dissero, poi che io lasciai questo farneticare; e comincia questa parte quivi: "Era la voce mia". Poscia quando dico: "Mentr'io pensava," dico come io dissi loro questa mia imaginazione. Ed intorno a ciò foe due parti: ne la prima dico per ordine questa imaginazione; ne la seconda, dicendo a che ora mi chiamaro, le ringrazio chiusamente; e comincia quivi questa parte: "Voi mi chiamaste".

XXIV. Appresso questa vana imaginazione, avvenne uno die che, sedendo io pensoso in alcuna parte, ed io mi sentio cominciare un tremuoto nel cuore, così come se io fosse stato presente a questa donna. Allora dico che mi giunse una imaginazione d'Amore; che mi parve vederlo venire da quella parte ove la mia donna stava, e pareami che lietamente mi dicesse nel cor mio: «Pensa di benedicere lo dì che io ti presi, però che tu lo dèi fare». E certo me parea avere lo cuore sì lieto, che me non parea che fosse lo mio cuore, per la sua nuova condizione. E poco dopo queste parole, che lo cuore mi disse con la lingua d'Amore, io vidi venire verso me una gentile donna, la quale era di famosa bieltade, e fue già molto donna di questo primo mio amico. E lo nome di questa donna era Giovanna, salvo che per la sua bieltade, secondo che altri crede, imposto l'era nome Primavera; e così era chiamata. E appresso lei, guardando, vidi venire la mirabile Beatrice. Queste donne andaro presso di me così l'una appresso l'altra, e parve che Amore mi parlasse nel cuore, e dicesse: «Quella prima è nominata Primavera solo per questa venuta d'oggi; ché io mossi lo imponitore del nome a chiamarla così Primavera, cioè prima verrà lo die che Beatrice si mosterrà dopo la imaginazione del suo fedele. E se anche vòli considerare lo primo nome suo, tanto è quanto dire 'prima verrà', però che lo suo nome Giovanna è da quello Giovanni lo quale precedette la verace luce, dicendo: "Ego vox clamantis in deserto: parate viam Domini". Ed anche mi parve che mi dicesse, dopo, queste parole: «E chi volesse sottilmente considerare, quella Beatrice chiamerebbe Amore, per molta simiglianza che ha meco». Onde io poi ripensando, propuosi di scrivere per rima a lo mio primo amico, tacendomi certe parole le quali pareano da tacere, credendo io che ancora lo suo cuore mirasse la bieltade di questa Primavera gentile; e dissi questo sonetto, lo quale comincia: "*Io mi senti' svegliar.*"

Io mi senti' svegliar dentro a lo core

un spirito amoroso che dormia:

e poi vidi venir da lungi Amore

allegro sì, che appena il conoscia,

dicendo: «Or pensa pur di farmi onore»;

e ciascuna parola sua ridia.

E poco stando meco il mio segnore,

guardando in quella parte onde venia,

io vidi monna Vanna e monna Bice

venir invêr lo loco là ov'io era,

l'una appresso de l'altra maraviglia;

e sì come la mente mi ridice,

Amor mi disse: «Quell'è Primavera,

e quell'ha nome Amor, sì mi somiglia».

Questo sonetto ha molte parti: la prima de le quali dice come io mi sentii svegliare lo tremore usato nel cuore, e come parve che Amore m'apparisse allegro nel mio cuore da lunga parte; la seconda dice come me parea che Amore mi dicesse nel mio cuore, e quale mi parea; la terza dice come, poi che questi fue alquanto stato meco cotale, io vidi e udio certe cose. La seconda parte comincia quivi: "dicendo: Or pensa"; la terza quivi: "E poco stando". La terza parte si divide in due: ne la prima dico quello che io vidi; ne la seconda dico quello che io udio. La seconda comincia quivi: "Amor mi disse".

XXV. Potrebbe qui dubitare persona degna da dichiararle onne dubitazione, e dubitare potrebbe di ciò che io dico d'Amore come se fosse una cosa per sé, e non solamente sustanzia intelligente ma sì come fosse sustanzia corporale: la quale cosa, secondo la veritate, è falsa; ché Amore non è per sé sì come sustanzia, ma è uno accidente in sustanzia. E che io dica di lui come se fosse corpo, ancora sì come se fosse uomo, appare per tre cose che dico di lui. Dico che lo vidi venire; onde, con ciò sia cosa che venire dica moto locale, e localmente mobile per sé, secondo lo Filosofo, sia solamente corpo, appare che io ponga Amore essere corpo. Dico anche di lui che ridea, e anche che parlava; le quali cose paiono essere proprie de l'uomo, e spezialmente essere risibile; e però appare ch'io ponga lui essere uomo. A cotale cosa dichiarare, secondo che è buono a presente, prima è da intendere che anticamente non erano dicitori d'amore in lingua volgare, anzi erano dicitori d'amore certi poete in lingua latina; tra noi, dico (avvegna forse che tra altra gente addivenisse e addivegna ancora, sì come in Grecia), non volgari ma litterati poete queste cose trattavano. E non è molto numero d'anni passati, che appariro prima questi poete volgari; ché dire per rima in volgare tanto è quanto dire per versi in latino, secondo alcuna proporzione. E segno che sia picciolo tempo, è che, se volemo cercare in lingua d'"oco" e in quella di "sì", noi non troviamo cose dette anzi lo presente tempo per cento e cinquanta anni. E la cagione per che alquanti grossi ebbero fama di sapere dire, è che quasi fuoro li primi che dissero in lingua di "sì". E lo primo che cominciò a dire sì come poeta volgare, si mosse però che volle fare intendere le sue parole a donna, a la quale era malagevole d'intendere li versi latini. E questo è contra coloro che rìmano sopra altra matera che amorosa, con ciò sia cosa che cotale modo di parlare fosse dal principio trovato per dire d'amore. Onde, con ciò sia cosa che a li poete sia conceduta maggiore licenza di parlare che a li prosaici dittatori, e questi dicitori per rima non siano altro che poete volgari, degno e ragionevole è che a loro sia maggiore licenzia largita di parlare che a li altri parlatori volgari; onde, se alcuna figura o colore rettorico è conceduto a li poete, conceduto è a li rimatori. Dunque, se noi vedemo che li poete hanno parlato a le cose inanimate sì come se avessero senso e ragione, e fàttele parlare insieme; e non solamente cose vere, ma cose non vere, cioè che detto hanno, di cose le quali non sono, che parlano, e detto che molti accidenti parlano, sì come se fossero sustanzie ed uomini; degno è lo dicitore per rima di fare lo somigliante, ma non sanza ragione alcuna, ma con ragione, la quale poi sia possibile d'aprire per prosa. Che li poete abbiano così parlato come detto è, appare per Virgilio; lo quale dice che Juno, cioè una dea nemica de li Troiani, parlòe ad Eolo, segnore de li venti, quivi nel primo de lo "Eneida: Eole, namque tibi", e che questo segnore le rispuose, quivi: "Tuus, o regina, quid optes explorare labor; mihi jussa capessere fas est". Per questo medesimo poeta parla la cosa che non è animata a le cose animate, nel terzo de lo "Eneida", quivi: "Dardanide duri". Per Lucano parla la cosa animata a la cosa inanimata, quivi: "Multum, Roma, tamen, debes civilibus, armis". Per Orazio parla l'uomo a la sua scienzia medesima, sì come ad altra persona; e non solamente sono parole d'Orazio, ma dìcele quasi recitando lo modo del buono Omero, quivi ne la sua "Poètria: Dic mihi, Musa, virum". Per Ovidio parla Amore, sì come se fosse persona umana, ne lo principio de lo libro c'ha nome "Libro di Remedio d'Amore", quivi: "Bella mihi, video, bella parantur, ait". E per questo puote essere manifesto a chi dubita in alcuna parte di questo mio libello. E acciò che non ne pigli alcuna baldanza persona grossa, dico che né li poete parlavano così sanza ragione, né quelli che rìmano dèono parlare così, non avendo alcuno ragionamento in loro di quello che dicono; però che grande vergogna sarebbe a colui che rimasse cose sotto vesta di figura o di colore rettorico, e poscia, domandato, non sapesse denudare le sue parole da cotale vesta, in guisa che avessero verace intendimento. E questo mio primo amico e io ne sapemo bene di quelli che così rìmano stoltamente.

XXVI. Questa gentilissima donna, di cui ragionato è ne le precedenti parole, venne in tanta grazia de le genti, che quando passava per via, le persone correano per vedere lei; onde mirabile letizia me ne giungea. E quando ella fosse presso d'alcuno, tanta onestade giungea nel cuore di quello, che non ardia di levare li occhi, né di rispondere a lo suo saluto; e di questo molti, sì come esperti, mi potrebbero testimoniare a chi non lo credesse. Ella coronata e vestita d'umilitade s'andava, nulla gloria mostrando di ciò ch'ella vedea e udia. Diceano molti, poi che passata era: «Questa non è femmina, anzi è uno de li bellissimi angeli del cielo». E altri diceano: «Questa è una maraviglia; che benedetto sia lo Segnore, che sì mirabilmente sae adoperare!». Io dico ch'ella si mostrava sì gentile e sì piena di tutti li piaceri, che quelli che la miravano comprendeano in loro una dolcezza onesta e soave, tanto che ridìcere non lo sapeano; né alcuno era lo quale potesse mirare lei, che nel principio nol convenisse sospirare. Queste e più mirabili cose da lei procedeano virtuosamente: onde io pensando a ciò, volendo ripigliare lo stilo de la sua loda, propuosi di dicere parole, ne le quali io dessi ad intendere de le sue mirabili ed eccellenti operazioni; acciò che non pur coloro che la poteano sensibilmente vedere, ma li altri sappiano di lei quello che le parole ne possono fare intendere. Allora dissi questo sonetto, lo quale comincia: *Tanto gentile*.

Tanto gentile e tanto onesta pare

la donna mia, quand'ella altrui saluta,

ch'ogne lingua deven tremando muta,

e li occhi no l'ardiscon di guardare.

Ella si va, sentendosi laudare,

benignamente d'umiltà vestuta;

e par che sia una cosa venuta

da cielo in terra a miracol mostrare.

Mòstrasi sì piacente a chi la mira,

che dà per li occhi una dolcezza al core,

che 'ntender no la può chi non la prova:

e par che de la sua labbia si mova

un spirito soave pien d'amore,

che va dicendo a l'anima: «Sospira!»

Questo sonetto è sì piano ad intendere, per quello che narrato è dinanzi, che non abbisogna d'alcuna divisione; e però lassando lui, dico che questa mia donna venne in tanta grazia, che non solamente ella era onorata e laudata, ma per lei erano onorate e laudate molte. Ond'io, veggendo ciò e volendo manifestare a chi ciò non vedea, propuosi anche di dire parole ne le quali ciò fosse significato: e dissi allora questo altro sonetto, che comincia: "Vede perfettamente ogne salute", lo quale narra di lei come la sua vertude adoperava ne l'altre, sì come appare ne la sua divisione.

Vede perfettamente ogne salute

chi la mia donna tra le donne vede;

quelle che vanno con lei son tenute

di bella grazia a Dio render merzede.

E sua bieltate è di tanta vertute,

che nulla invidia a l'altre ne procede,

anzi le face andar seco vestute

di gentilezza d'amore e di fede.

La vista sua fa ogne cosa umile;

e non fa sola sé parer piacente,

ma ciascuna per lei riceve onore.

Ed è ne li atti suoi tanto gentile,

che nessun la si può recare a mente,

che non sospiri in dolcezza d'amore.

Questo sonetto ha tre parti: ne la prima dico tra che gente questa donna più mirabile parea; ne la seconda dico sì come era graziosa la sua compagnia; ne la terza dico di quelle cose che vertuosamente operava in altrui. La seconda parte comincia quivi: "quelle che vanno"; la terza quivi: "E sua bieltate". Questa ultima parte si divide in tre: ne la prima dico quello che operava ne le donne, cio è per loro medesime; ne la seconda dico quello che operava in loro per altrui; ne la terza dico come non solamente ne le donne, ma in tutte le persone, e non solamente ne la sua presenzia, ma ricordandosi di lei, mirabilmente operava. La seconda comincia quivi: "La vista sua"; e la terza quivi: "Ed è ne li atti".

XXVII. Appresso ciò, cominciai a pensare uno giorno sopra quello che detto avea de la mia donna, cio è in questi due sonetti precedenti; e veggendo nel mio pensero che io non avea detto di quello che al presente tempo adoperava in me, pareami defettivamente avere parlato. E però propuosi di dire parole ne le quali io dicesse come me parea essere disposto a la sua operazione, e come operava in me la sua vertude; e non credendo potere ciò narrare in brevitade di sonetto, cominciai allora una canzone, la quale comincia: *"Sì lungiamente"*.

Sì lungiamente m'ha tenuto Amore

e costumato a la sua segnoria,

che sì com'elli m'era forte in pria,

così mi sta soave ora nel core.

Però quando mi tolle sì 'l valore

che li spiriti par che fuggan via,

allor sente la frale anima mia

tanta dolcezza, che 'l viso ne smore,

poi prende Amore in me tanta vertute,

che fa li miei sospiri gir parlando,

ed escon for chiamando

la donna mia, per darmi più salute.

Questo m'avene ovunque ella mi vede,

e sì è cosa umìl, che nol si crede.

XXVIII. "Quomodo sedet sola civitas plena populo! facta est quasi vidua domina gentium". Io era nel proponimento ancora di questa canzone, e compiuta n'avea questa soprascritta stanzia, quando lo signore de la giustizia chiamòe questa gentilissima a gloriare sotto la insegna di quella regina benedetta virgo Maria, lo cui nome fue in grandissima reverenzia ne le parole di questa Beatrice beata. E avvegna che forse piacerebbe a presente trattare alquanto de la sua partita da noi, non è lo mio intendimento di trattarne qui per tre ragioni: la prima è che ciò non è del presente proposito, se volemo guardare nel proemio che precede questo libello; la seconda si è che, posto che fosse del presente proposito, ancora non sarebbe sufficiente la mia lingua a trattare, come si converrebbe, di ciò; la terza si è che, posto che fosse l'uno e l'altro, non è convenevole a me trattare di ciò, per quello che, trattando, converrebbe essere me laudatore di me medesimo, la quale cosa è al postutto biasimevole a chi lo fae: e però lascio cotale trattato ad altro chiosatore. Tuttavia, però che molte volte lo numero del nove ha preso luogo tra le parole dinanzi, onde pare che sia non sanza ragione, e ne la sua partita cotale numero pare che avesse molto luogo, convènesi di dire quindi alcuna cosa, acciò che pare al proposito convenirsi. Onde prima dicerò come ebbe luogo ne la sua partita, e poi n'assegnerò alcuna ragione, per che questo numero fue a lei cotanto amico.

XXIX. Io dico che, secondo l'usanza d'Arabia, l'anima sua nobilissima si partìo ne la prima ora del nono giorno del mese; e secondo l'usanza di Siria, ella si partìo nel nono mese de l'anno, però che lo primo mese è ivi Tisirin primo, lo quale a noi è Ottobre; e secondo l'usanza nostra, ella si partìo in quello anno de la nostra indizione, cioè de li anni Domini, in cui lo perfetto numero nove volte era compiuto in quello centinaio nel quale in questo mondo ella fue posta, ed ella fue de li cristiani del terzodecimo centinaio. Perché questo numero fosse in tanto amico di lei, questa potrebbe essere una ragione: con ciò sia cosa che, secondo Tolomeo e secondo la cristiana veritade, nove siano li cieli che si muovono, e secondo comune opinione astrologa, li detti cieli adoperino qua giuso secondo la loro abitudine insieme, questo numero fue amico di lei per dare ad intendere che ne la sua generazione tutti e nove li mobili cieli perfettissimamente s'aveano insieme. Questa è una ragione di ciò; ma più sottilmente pensando, e secondo la infallibile veritade, questo numero fue ella medesima; per similitudine dico, e ciò intendo così. Lo numero del tre è la radice del nove, però che sanza numero altro alcuno, per se medesimo fa nove, sì come vedemo manifestamente che tre via tre fa nove. Dunque se lo tre è fattore per sè medesimo del nove, e lo fattore per sè medesimo de li miracoli è tre, cioè Padre e Figlio e Spirito Santo, li quali sono tre e uno, questa donna fue accompagnata da questo numero del nove a dare ad intendere ch'ella era uno nove, cioè uno miracolo, la cui radice, cioè del miracolo, è solamente la mirabile Trinitade. Forse ancora per più sottile persona si vederebbe in ciò più sottile ragione; ma questa è quella ch'io ne veggio, e che più mi piace.

XXX. Poi che fue partita da questo secolo, rimase tutta la sopradetta cittade quasi vedova dispogliata da ogni dignitade; onde io, ancora lagrimando in questa desolata cittade, scrissi a li prìncipi de la terra alquanto de la sua condizione, pigliando quello cominciamento di Geremia profeta che dice: "Quomodo sedet sola civitas". E questo dico, acciò che altri non si maravigli perché io l'abbia allegato di sopra, quasi come entrata de la nuova materia che appresso vene. E se alcuno volesse me riprendere di ciò, ch'io non scrivo qui le parole che sèguitano a quelle allegate, escùsomene, però che lo intendimento mio non fue dal principio di scrivere altro che per volgare: onde, con ciò sia cosa che le parole che sèguitano a quelle che sono allegate siano tutte latine, sarebbe fuori del mio intendimento se le scrivessi. E simile intenzione so ch'ebbe questo mio primo amico, a cui io ciò scrivo, cioè ch'io li scrivessi solamente volgare.

XXXI. Poi che li miei occhi ebbero per alquanto tempo lagrimato, e tanto affaticati erano che non poteano disfogare la mia trestizia, pensai di volere disfogarla con alquante parole dolorose; e però propuosi di fare una canzone, ne la quale piangendo ragionassi di lei, per cui tanto dolore era fatto distruggitore de l'anima mia; e cominciai allora una canzone, la quale comincia: "*Li occhi dolenti per pietà del core*". E acciò che questa canzone paia rimanere più vedova dopo lo suo fine, la dividerò prima che io la scriva: e cotale modo terrò da qui innanzi. Io dico che questa cattivella canzone ha tre parti: la prima è proemio; ne la seconda ragiono di lei; ne la terza parlo a la canzone pietosamente. La seconda parte comincia quivi: "Ita n'è Beatrice"; la terza quivi: "Pietosa mia canzone". La prima parte si divide in tre: ne la prima dico perché io mi muovo a dire; ne la seconda dico a cui io voglio dire; ne la terza dico di cui io voglio dire. La seconda comincia quivi: "E perché me ricorda"; la terza quivi: "e dicerò". Poscia quando dico: "Ita n'è Beatrice", ragiono di lei; e intorno a ciò foe due parti: prima dico la cagione per che tolta ne fue; appresso dico come altri si piange de la sua partita, e comincia questa parte quivi: "Partìssi de la sua". Questa parte si divide in tre: ne la prima dico chi non la piange; ne la seconda dico chi la piange; ne la terza dico de la mia condizione. La seconda comincia quivi: "ma ven trestizia e voglia"; la terza quivi: "Dànnomi angoscia". Poscia quando dico: "Pietosa mia canzone", parlo a questa canzone, disegnandole a quali donne se ne vada, e stèasi con loro.

Li occhi dolenti per pietà del core

hanno di lagrimar sofferta pena,

sì che per vinti son remasi omai.

Ora, s'i' voglio sfogar lo dolore,

che a poco a poco a la morte mi mena,

convènemi parlar traendo guai.

E perché me ricorda ch'io parlai

de la mia donna, mentre che vivia,

donne gentili, volontier con vui,

non vòi parlare altrui,

se non a cor gentil che in donna sia;

e dicerò di lei piangendo, pui

che si n'è gita in ciel subitamente,

e ha lasciato Amor meco dolente.

Ita n'è Beatrice in l'alto cielo,

nel reame ove li angeli hanno pace,

e sta con loro, e voi, donne, ha lassate:

no la ci tolse qualità di gelo

né di calore, come l'altre face,

ma solo fue sua gran benignitate;

ché luce de la sua umilitate

passò li cieli con tanta vertute,

che fé maravigliar l'etterno sire,

sì che dolce disire

lo giunse di chiamar tanta salute;

e félla di qua giù a sé venire,

perché vedea ch'esta vita noiosa

non era degna di sì gentil cosa.

Partìssi de la sua bella persona,

piena di grazia, l'anima gentile,

ed èssi gloriosa in loco degno.

Chi no la piange, quando ne ragiona,

core ha di pietra sì malvagio e vile,

ch'entrar no 'i puote spirito benegno.

Non è di cor villan sì alto ingegno,

che possa imaginar di lei alquanto,

e però no li ven di pianger doglia;

ma ven trestizia e voglia

di sospirare e di morir di pianto,

e d'onne consolar l'anima spoglia,

chi vede nel pensero alcuna volta

quale ella fue, e com'ella n'è tolta.

Dànnomi angoscia li sospiri forte,

quando 'l pensero ne la mente grave

mi reca quella che m'ha 'l cor diviso;

e spesse fiate pensando a la morte,

vènemene un disio tanto soave,

che mi tramuta lo color nel viso.

E quando 'l maginar mi ven ben fiso,

giùgnemi tanta pena d'ogne parte,

ch'io mi riscuoto per dolor ch'i' sento;

e sì fatto divento,

che da le genti vergogna mi parte.

Poscia piangendo, sol nel mio lamento

chiamo Beatrice, e dico: - Or se' tu morta? -;

e mentre ch'io la chiamo, me conforta.

Pianger di doglia e sospirar d'angoscia

mi strugge 'l core ovunque sol mi trovo,

sì che ne 'ncrescerebbe a chi m'audesse:

e quale è stata la mia vita, poscia

che la mia donna andò nel secol novo,

lingua non è che dicer lo sapesse.

E però, donne mie, pur ch'io volesse,

non vi saprei io dir ben quel ch'io sono,

sì mi fa travagliar l'acerba vita;

la quale è sì 'nvilita,

che ogn'om par che mi dica: - Io t'abbandono -,

veggendo la mia labbia tramortita.

Ma qual ch'io sia, la mia donna il si vede,

ed io ne spero ancor da lei merzede.

Pietosa mia canzone, or va piangendo,

e ritruova le donne e le donzelle,

a cui le tue sorelle

erano usate di portar letizia;

e tu, che se' figliuola di trestizia,

vatten disconsolata a star con elle.

XXXII. Poi che detta fue questa canzone, sì venne a me uno, lo quale, secondo li gradi de l'amistade, è amico a me immediatamente dopo lo primo; e questi fue tanto distretto di sanguinitade con questa gloriosa, che nullo più presso l'era. E poi che fue meco a ragionare, mi pregòe ch'io li dovesse dire alcuna cosa per una donna che s'era morta; e simulava sue parole, acciò che paresse che dicesse d'un'altra, la quale morta era certamente. Onde io accorgendomi che questi dicea solamente per questa benedetta, sì li dissi di fare ciò che mi domandava lo suo prego. Onde poi pensando a ciò, propuosi di fare uno sonetto nel quale mi lamentasse alquanto, e di darlo a questo mio amico, acciò che paresse che per lui l'avessi fatto; e dissi allora questo sonetto, che comincia: *"Venite a 'ntender li sospiri miei"*. Lo quale ha due parti: ne la prima, chiamo li fedeli d'Amore che m' intendano; ne la seconda, narro de la mia misera condizione. La seconda comincia quivi: "li quai disconsolati".

Venite a 'ntender li sospiri miei,

oi cor gentili, chè pietà 'l disia:

li quai disconsolati vanno via,

e s'e' non fosser, di dolor morrei;

però che gli occhi mi sarebber rei,

molte fiate più ch'io non vorria,

lasso! di pianger sì la donna mia,

che sfogasser lo cor, piangendo lei.

Voi udirete lor chiamar sovente

la mia donna gentil, che si n'è gita

al secol degno de la sua vertute;

e dispregiar talora questa vita

in persona de l'anima dolente

abbandonata de la sua salute.

XXXIII. Poi che detto èi questo sonetto, pensandomi chi questi era a cui lo intendea dare quasi come per lui fatto, vidi che povero mi parea lo servigio e nudo a così distretta persona di questa gloriosa. E però anzi ch'io li dessi questo soprascritto sonetto, sì dissi due stanzie d'una canzone, l'una per costui veracemente, e l'altra per me, avvegna che paia l'una e l'altra per una persona detta, a chi non guarda sottilmente; ma chi sottilmente le mira, vede bene che diverse persone parlano, acciò che l'una non chiama sua donna costei, e l'altra sì, come appare manifestamente. Questa canzone e questo soprascritto sonetto li diedi, dicendo io lui che per lui solo fatto l'avea. La canzone comincia: "*Quantunque volte*," e ha due parti: ne l'una, cioè ne la prima stanzia, si lamenta questo mio caro e distretto a lei; ne la seconda mi lamento io, cioè ne l'altra stanzia si comincia: "E' si raccoglie ne li miei". E così appare che in questa canzone si lamentano due persone, l'una de le quali si lamenta come frate, l'altra come servo.

Quantunque volte, lasso! , mi rimembra

ch'io non debbo giammai

veder la donna ond'io vo sì dolente,

tanto dolore intorno 'l cor m'assembra

la dolorosa mente,

ch'io dico: - Anima mia, chè non ten vai?

chè li tormenti che tu porterai

nel secol, che t'è già tanto noio,

mi fan pensoso di paura forte -.

Ond'io chiamo la Morte,

come soave e dolce mio riposo;

e dico: - Vieni a me - con tanto amore,

che sono astioso di chiunque more.

E si raccoglie ne li miei sospiri

un sòno di pietate,

che va chiamando Morte tuttavia:

a lei si volser tutti i miei disiri,

quando la donna mia

fu giunta da la sua crudelitate;

perché 'l piacere de la sua bieltate,

partendo sé da la nostra veduta,

divenne spirital bellezza grande,

che per lo cielo spande

luce d'amor, che li angeli saluta

e lo intelletto loro alto, sottile

face maravigliar, sì v'è gentile.

XXXIV. In quello giorno nel quale si compiea l'anno che questa donna era fatta de li cittadini di vita eterna, io mi sedea in parte ne la quale, ricordandomi di lei, disegnava uno angelo sopra certe tavolette; e mentre io lo disegnava, volsi li occhi, e vidi lungo me uomini a li quali si convenia di fare onore. E riguardavano quello che io facea; e secondo che me fu detto poi, elli erano stati già alquanto anzi che io me ne accorgesse. Quando li vidi, mi levai, e salutando loro dissi: «Altri era testé meco, però pensava». Onde partiti costoro, ritornàimi a la mia opera, cioè del disegnare figure d'angeli: e facendo ciò, mi venne uno pensero di dire parole, quasi per annovale, e scrivere a costoro li quali erano venuti a me; e dissi allora questo sonetto, lo quale comincia: "Era venuta". Lo quale ha due cominciamenti, e però lo dividerò secondo l'uno e secondo l'altro. Dico che secondo lo primo, questo sonetto ha tre parti: ne la prima, dico che questa donna era già ne la mia memoria; ne la seconda, dico quello che Amore però mi facea; ne la terza, dico de gli effetti d'Amore. La seconda comincia quivi: "Amor che"; la terza quivi: "Piangendo uscivan for". Questa parte si divide in due: ne l'una dico che tutti li miei sospiri uscivano parlando; ne la seconda dico che alquanti diceano certe parole diverse da gli altri. La seconda comincia quivi: "Ma quei". Per questo medesimo modo si divide secondo l'altro cominciamento, salvo che ne la prima parte dico quando questa donna era così venuta ne la mia memoria, e ciò non dico ne l'altro.

"*Primo cominciamento*"

Era venuta ne la mente mia

la gentil donna che per suo valore

fu posta da l'altissimo Signore

nel ciel de l'umiltate, ov'è Maria.

"*Secondo cominciamento*"

Era venuta ne la mente mia

quella donna gentil cui piange Amore.

Entro 'n quel punto che lo suo valore

vi trasse a riguardar quel ch'eo facia.

Amor che ne la mente la sentia,

s'era svegliato nel destrutto core,

e diceva a' sospiri: «Andate fore»;

per che ciascun dolente si partia.

Piangendo uscivan for de lo mio petto

con una voce che sovente mena

le lagrime dogliose a li occhi tristi.

Ma quei che n'uscian for con maggior pena,

venian dicendo: «Oi nobile intelletto,

oggi fa l'anno che nel ciel salisti».

XXXV. Poi per alquanto tempo, con ciò fosse cosa che io fosse in parte ne la quale mi ricordava del passato tempo, molto stava pensoso, e con dolorosi pensamenti tanto che mi faceano parere de fore una vista di terribile sbigottimento. Onde io, accorgendomi del mio travagliare, levai li occhi per vedere se altri mi vedesse. Allora vidi una gentile donna giovane e bella molto, la quale da una finestra mi riguardava sì pietosamente, quanto a la vista, che tutta la pietà parea in lei accolta. Onde, con ciò sia cosa che quando li miseri veggiono di loro compassione altrui, più tosto si muovono a lagrimare, quasi come di se stessi avendo pietade, io senti' allora cominciare li miei occhi a volere piangere; e però, temendo di non mostrare la mia vile vita, mi partio dinanzi da li occhi di questa gentile; e dicea poi fra me medesimo: «E' non puote essere che con quella pietosa donna non sia nobilissimo amore». E però propuosi di dire uno sonetto, ne lo quale io parlasse a lei, e conchiudesse in esso tutto ciò che narrato è in questa ragione. E però che per questa ragione è assai manifesto, sì nollo dividerò. Lo sonetto comincia: *"Videro li occhi miei."*

Videro li occhi miei quanta pietate

era apparita in la vostra figura,

quando guardaste li atti e la statura

ch'io faccio per dolor molte fiate.

Allor m'accorsi che voi pensavate

la qualità de la mia vita oscura,

sì che mi giunse ne lo cor paura

di dimostrar con li occhi mia viltate.

E tòlsimi dinanzi a voi, sentendo

che si movean le lagrime dal core,

ch'era sommosso da la vostra vista.

Io dicea poscia ne l'anima trista:

«Ben è con quella donna quello Amore

lo qual mi face andar così piangendo».

XXXVI. Avvenne poi che là ovunque questa donna mi vedea, sì si facea d'una vista pietosa e d'un colore palido quasi come d'amore; onde molte fiate mi ricordava de la mia nobilissima donna, che di simile colore si mostrava tuttavia. E certo molte volte non potendo lagrimare né disfogare la mia trestizia, io andava per vedere questa pietosa donna, la quale parea che tirasse le lagrime fuori de li miei occhi per la sua vista. E però mi venne volontade di dire anche parole, parlando a lei; e dissi questo sonetto, lo quale comincia: "*Color d'amore*"; ed è piano sanza dividerlo, per la sua precedente ragione.

Color d'amore e di pietà sembianti

non preser mai così mirabilmente

viso di donna, per veder sovente

occhi gentili o dolorosi pianti,

come lo vostro, qualora davanti

vedètevi la mia labbia dolente;

sì che per voi mi ven cosa a la mente,

ch'io temo forte no lo cor si schianti.

Eo non posso tener li occhi distrutti

che non reguardin voi spesse fiate,

per desiderio di pianger ch'elli hanno:

e voi crescete sì lor volontate,

che de la voglia si consuman tutti;

ma lagrimar dinanzi a voi non sanno.

XXXVII. Io venni a tanto per la vista di questa donna, che li miei occhi si cominciaro a dilettare troppo di vederla; onde molte volte me ne crucciava nel mio cuore, ed avèamene per vile assai. Onde più volte bestemmiava la vanitade de li occhi miei, e dicea loro nel mio pensero: «Or voi solavate fare piangere chi vedea la vostra dolorosa condizione, ed ora pare che vogliate dimenticarlo per questa donna che vi mira; che non mira voi, se non in quanto le pesa de la gloriosa donna di cui piangere solete; ma quanto potete fate, ché io la vi pur rimembrerò molto spesso, maladetti occhi, ché mai, se non dopo la morte, non dovrebbero le vostre lagrime avere restate». E quando così avea detto fra me medesimo a li miei occhi, e li sospiri m'assalivano grandissimi e angosciosi. E acciò che questa battaglia che io avea meco non rimanesse saputa pur dal misero che la sentia, propuosi di fare un sonetto, e di comprendere in ello questa orribile condizione. E dissi questo sonetto, lo quale comincia: "*L'amaro lagrimar*". Ed hae due parti: ne la prima, parlo a li occhi miei sì come parlava lo mio cuore in me medesimo; ne la seconda, rimuovo alcuna dubitazione, manifestando chi è che così parla; e comincia questa parte quivi: "Così dice". Potrebbe bene ancora ricevere più divisioni, ma sariano indarno, però che è manifesto per la precedente ragione.

«L'amaro lagrimar che voi faceste,

oi occhi miei, così lunga stagione,

facea lagrimar l'altre persone

de la pietate, come voi vedeste.

Ora mi par che voi l'obliereste,

s'io fosse dal mio lato sì fellone

ch'i' non ven disturbasse ogne cagione,

membrandovi colei cui voi piangeste.

La vostra vanità mi fa pensare,

e spavèntami sì, ch'io temo forte

del viso d'una donna che vi mira.

Voi non dovreste mai, se non per morte,

la vostra donna, ch'è morta, obliare».

Così dice 'l meo core, e poi sospira.

XXXVIII. Ricovròmi la vista di quella donna in sì nuova condizione, che molte volte ne pensava sì come di persona che troppo mi piacesse; e pensava di lei così: «Questa è una donna gentile, bella, giovane e savia, e apparita forse per volontade d'Amore, acciò che la mia vita si riposi». E molte volte pensava più amorosamente, tanto che lo cuore consentiva in lui, cioè nel suo ragionare. E quando io avea consentito ciò, e io mi ripensava sì come da la ragione mosso, e dicea fra me medesimo: «Deo, che pensero è questo, che in così vile modo vuole consolare me e non mi lascia quasi altro pensare?». Poi si rilevava un altro pensero, e dicea a me: «Or tu se' stato in tanta tribulazione, perché non vuoli tu ritrarre te da tanta amaritudine? Tu vedi che questo è uno spiramento d'Amore, che ne reca li disiri d'amore dinanzi, ed è mosso da così gentil parte, com'è quella de li occhi de la donna che tanto pietosa ci s'hae mostrata». Onde io avendo così più volte combattuto in me medesimo, ancora ne volli dire alquante parole; e però che la battaglia de' pensieri vinceano coloro che per lei parlavano, mi parve che si convenisse di parlare a lei; e dissi questo sonetto, lo quale comincia: "*Gentil pensero*"; e dico 'gentile' in quanto ragionava di gentile donna, ché per altro era vilissimo.

In questo sonetto fo due parti di me, secondo che li miei pensieri erano divisi. L'una parte chiamo 'cuore', cioè l'appetito; l'altra chiamo anima, cioè la ragione; e dico come l'uno dice con l'altro. E che degno sia di chiamare l'appetito cuore, e la ragione anima, assai è manifesto a coloro a cui mi piace che ciò sia aperto. Vero è che nel precedente sonetto io fo la parte del cuore contra quella de li occhi, e ciò pare contrario di quello che io dico nel presente; e però dico che ivi lo cuore anche intendo per lo appetito, però che maggiore desiderio era lo mio ancora di ricordarmi de la gentilissima donna mia, che di vedere costei, avvegna che alcuno appetito n'avessi già, ma leggero parea: onde appare che l'uno detto non è contrario a l'altro.

Questo sonetto ha tre parti: ne la prima, comincio a dire a questa donna come lo mio desiderio si volge tutto verso lei; ne la seconda, dico come l'anima, cioè la ragione, dice al cuore, cioè a lo appetito; ne la terza dico come le risponde. La seconda parte comincia quivi: "L'anima dice"; la terza quivi: "Ei le risponde".

Gentil pensero che parla di vui,

sen vene a dimorar meco sovente,

e ragiona d'amor sì dolcemente,

che face consentir lo core in lui.

L'anima dice al cor: «Chi è costui,

che vene a consolar la nostra mente

ed è la sua vertù tanto possente,

ch'altro penser non lascia star con nui?»

Ei le risponde: «Oi anima pensosa,

questi è uno spiritel novo d'amore,

che reca innanzi me li suoi desiri;

e la sua vita, e tutto 'l suo valore,

mosse de li occhi di quella pietosa

che si turbava de' nostri martìri».

XXXIX. Contra questo avversario de la ragione si levoe un die, quasi ne l'ora de la nona, una forte imaginazione in me; che mi parve vedere questa gloriosa Beatrice con quelle vestimenta sanguigne co le quali apparve prima a li occhi miei; e pareami giovane in simile etade in quale io prima la vidi.

Allora cominciai a pensare di lei. E ricordandomi di lei secondo l'ordine del tempo passato, lo mio cuore cominciò dolorosamente a pentère de lo desiderio a cui sì vilmente s'avea lasciato possedere alquanti die contra la costanzia de la ragione; e discacciato questo cotale malvagio desiderio, sì si rivolsero tutti li miei pensamenti a la loro gentilissima Beatrice. E dico che d'allora innanzi cominciai a pensare di lei sì con tutto lo vergognoso cuore, che li sospiri manifestavano ciò molte volte; però che tutti quasi diceano nel loro uscire quello che nel cuore si ragionava, cioè lo nome di quella gentilissima, e come si partìo da noi. E molte volte avvenia che tanto dolore avea in sé alcuno pensero, ch'io dimenticava lui e là dov'io era. Per questo raccendimento de' sospiri si raccese lo sollenato lagrimare, in guisa che li miei occhi pareano due cose che desiderassero pur di piangere; e spesso avvenia che per lo lungo continuare del pianto, dintorno loro si facea uno colore purpureo, lo quale suole apparire per alcuno martirio che altri riceva. Onde appare che de la loro vanitade fuoro degnamente guiderdonati; sì che d'allora innanzi non potero mirare persona che li guardasse sì che loro potesse trarre a simile intendimento. Onde io, volendo che cotale desiderio malvagio e vana tentazione paresse distrutto, sì che alcuno dubbio non potessero indùcere le rimate parole ch'io avea dette innanzi, propuosi di fare uno sonetto, ne lo quale io comprendesse la sentenza di questa ragione. E dissi allora: "*Lasso! per forza di molti sospiri*"; e dissi 'lasso' in quanto mi vergognava di ciò, che li miei occhi aveano così vaneggiato.

Questo sonetto non divido, però che assai lo manifesta la sua ragione.

Lasso! per forza di molti sospiri

che nascon de' penser che son nel core,

li occhi son vinti, e non hanno valore

di riguardar persona che li miri.

E fatti son che paion due disiri

di lagrimare e di mostrar dolore,

e spesse volte piangon sì ch'Amore

li 'ncerchia di corona di martìri.

Questi penseri, e li sospir ch'eo gitto,

diventan ne lo cor sì angosciosi,

ch'Amor vi tramortisce, sì glien dole;

però ch'elli hanno in lor, li dolorosi,

quel dolce nome di madonna scritto,

e de la morte sua molte parole.

XL. Dopo questa tribulazione avvenne, in quello tempo che molta gente va per vedere quella imagine benedetta la quale Jesu Cristo lasciò a noi per esemplo de la sua bellissima figura, la quale vede la mia donna gloriosamente, che alquanti peregrini passavano per una via la quale è quasi mezzo de la cittade ove nacque e vivette e morìo la gentilissima donna. Li quali peregrini andavano, secondo che mi parve, molto pensosi; ond'io pensando a loro, dissi fra me medesimo: «Questi peregrini mi paiono di lontana parte, e non credo che anche udissero parlare di questa donna, e non ne sanno neente; anzi li loro penseri sono d'altre cose che di queste qui, ché forse pensano de li loro amici lontani, li quali noi non conoscemo». Poi dicea fra me medesimo: «Io so che s'elli fossero di propinquo paese, in alcuna vista parrebbero turbati passando per lo mezzo de la dolorosa cittade». Poi dicea fra me medesimo: «Se io li potesse tenere alquanto, io li pur farei piangere anzi ch'elli uscissero di questa cittade, però che io direi parole le quali farebbero piangere chiunque le intendesse». Onde, passati costoro da la mia veduta, propuosi di fare uno sonetto ne lo quale io manifestasse ciò che io avea detto fra me medesimo; e acciò che più paresse pietoso, propuosi di dire come se io avesse parlato a loro; e dissi questo sonetto, lo quale comincia: "*Deh! peregrini che pensosi andate*". E dissi 'peregrini' secondo la larga significazione del vocabulo; ché peregrini si possono intendere in due modi, in uno largo e in uno stretto: in largo, in quanto è peregrino chiunque è fuori de la sua patria; in modo stretto, non s'intende peregrino se non chi va verso la casa di sa' Iacopo o riede. E però è da sapere che in tre modi si chiamano propriamente le genti che vanno al servigio de l'Altissimo: chiamansi "palmieri", in quanto vanno oltremare, là onde molte volte recano la palma; chiamansi "peregrini", in quanto vanno a la casa di Galizia, però che la sepultura di sa' Iacopo fue più lontana de la sua patria che d'alcuno altro apostolo; chiamansi "romei", in quanto vanno a Roma, là ove questi cu' io chiamo "peregrini" andavano.

Questo sonetto non divido, però che assai lo manifesta la sua ragione.

Deh! peregrini che pensosi andate,

forse di cosa che non v'è presente,

venite voi da sì lontana gente,

com'a la vista voi ne dimostrate,

che non piangete quando voi passate

per lo suo mezzo la città dolente,

come quelle persone che neente

par che 'ntendesser la sua gravitate.

Se voi restaste per volerlo audire,

certo lo cor de' sospiri mi dice

che lagrimando n'uscireste pui.

Ell'ha perduta la sua beatrice;

e le parole ch'om di lei pò dire

hanno vertù di far piangere altrui.

XLI. Poi mandaro due donne gentili a me, pregando che io mandasse loro di queste mie parole rimate; onde io, pensando la loro nobilitade, propuosi di mandare loro e di fare una cosa nuova, la quale io mandasse a loro con esse, acciò che più onorevolemente adempiesse li loro prieghi. E dissi allora uno sonetto lo quale narra del mio stato, e mandàlo a loro co lo precedente sonetto accompagnato, e con un altro che comincia: "Venite a intender".

Lo sonetto lo quale io feci allora, comincia: "*Oltre la spera*"; lo quale ha in sé cinque parti. Ne la prima dico là ove va lo mio pensero, nominandolo per lo nome d'alcuno suo effetto. Ne la seconda dico perché va là suso, cioè chi lo fa così andare. Ne la terza dico quello che vide, cioè una donna onorata là suso; e chiamolo allora 'spirito peregrino', acciò che spiritualmente va là suso, e sì come peregrino lo quale è fuori de la sua patria, vi stae. Ne la quarta dico come elli la vede tale, cioè in tale qualitade, che io non lo posso intendere, cioè a dire che lo mio pensero sale ne la qualitade di costei in grado che lo mio intelletto no lo puote comprendere; con ciò sia cosa che lo nostro intelletto s'abbia a quelle benedette anime, sì come l'occhio debole a lo sole: e ciò dice lo Filosofo nel secondo de la "Metafisica". Ne la quinta dico che, avvegna che io non possa intendere là ove lo pensero mi trae, cioè a la sua mirabile qualitade, almeno intendo questo, cioè che tutto è lo cotale pensare de la mia donna, però ch'io sento lo suo nome spesso nel mio pensero: e nel fine di questa quinta parte dico 'donne mie care', a dare ad intendere che sono donne coloro a cui io parlo. La seconda parte comincia quivi: "intelligenza nova"; la terza quivi: "Quand'elli è giunto"; la quarta quivi: "Vedela tal"; la quinta quivi: "So io che parla". Potrèbbesi più sottilmente ancora dividere, e più sottilmente fare intendere; ma puòtesi passare con questa divisa, e però non m'intrametto di più dividerlo.

Oltre la sfera che più larga gira,

passa 'l sospiro ch'esce del mio core:

intelligenza nova, che l'Amore

piangendo mette in lui, pur sù lo tira.

Quand'elli è giunto là dove disira,

vede una donna che riceve onore,

e luce sì che per lo suo splendore

lo peregrino spirito la mira.

Vedela tal, che quando 'l mi ridice,

io no lo intendo, sì parla sottile

al cor dolente che lo fa parlare.

So io che parla di quella gentile,

però che spesso ricorda Beatrice,

sì ch'io lo 'ntendo ben, donne mie care.

XLII. Appresso questo sonetto, apparve a me una mirabile visione, ne la quale io vidi cose che mi fecero proporre di non dire più di questa benedetta, infino a tanto che io potesse più degnamente trattare di lei. E di venire a ciò io studio quanto posso, sì com'ella sae veracemente. Sì che, se piacere sarà di colui a cui tutte le cose vivono, che la mia vita duri per alquanti anni, io spero di dicer di lei quello che mai non fue detto d'alcuna. E poi piaccia a colui che è sire de la cortesia, che la mia anima se ne possa gire a vedere la gloria de la sua donna: cioè di quella benedetta Beatrice, la quale gloriosamente mira ne la faccia di colui *"qui est per omnia secula benedictus"*.